杨武能译
德语文学经典

少年维特的烦恼

〔德〕歌德 著
杨武能 译

根据德国 Insel Verlag
Goethes Werke
Vierter Band 译出

序一

《杨武能译德语文学经典》序
王　蒙

　　熟知杨武能的同行专家称誉他为学者、作家、翻译家"三位一体",眼前这二十多卷《杨武能译德语文学经典》收德语文学经典翻译,足以成为这一评价实实在在的证明。身为大学教授和博士生导师的杨武能,尽管他本人早就主张翻译家同时应该是学者和作家,并且身体力行,长期以来确实是研究、创作和翻译相得益彰,却仍然首先自视为一名文学翻译工作者,感到自豪的也主要是他的译作数十年来一直受到读者的喜爱和出版界的重视。搞文学工作的人一生能出版皇皇二十多卷的著作已属不多,翻译家能出二十多卷的个人文集在中国更是破天荒的事。首先就因为这件事意义非凡,我几经考虑权衡,同意替这套翻译家的文集作序。

　　至于杨教授为数众多的译著何以长久而广泛地受到喜爱和重视,专家和读者多有评说,无须我再发议论了。我只想讲自己也曾经做过些翻译,深知译事之难之苦,因此对翻译家始终心怀同情和敬意。

　　还得说说我与杨教授个人之间的交往或者讲情缘,它是我写这篇序的又一个原因,实际上还是更直接和具体的原因。

前排左一为中国作家协会副主席冯牧，左五为中宣部副部长周扬，左七为对外文委主任林林；二排左三为王蒙，左五为德国大诗人恩岑斯贝格；三排左二为杨武能

陪德国作家游览十三陵

《杨武能译德语文学经典》序 | iii

1980年，我奉中国作家协会指派，全程陪同一个德国作家访问团，其时还在中国社会科学院跟冯至先生念研究生的杨武能正好被借调来当翻译。可能这是访问我国的第一个联邦德国作家代表团吧，所以受到了格外的重视。周扬、夏衍、巴金、曹禺等先后出面接待，我和当时的小杨则陪着一帮德国作家访问、交流、观光，从北京到上海，从上海到杭州；到了杭州，记得是下榻在毛主席住过的几乎与世隔绝的花家山宾馆里。

一路上，中德两国作家的交流内容广泛、深入，小杨翻译则不只称职，而且可以说出色，给德国作家和我们留下了深刻印象。我和他当时都还年轻，十多天下来接触和交谈不少，彼此便有所了解。后来尽管难得见面，却通过几次信，偶尔还互赠著作，也就是仍然彼此关注，始终未断联系。比如我就注意到他一度担任四川外语学院的副院长，在任期间发起和主持了我国外语

2018年，中国现代文学馆马识途百岁书法展，老哥儿俩最近的一次喜相逢

界的第一次大型国际学术研讨会；知道他因为对中德文化交流贡献卓著，获得过德国国家功勋奖章和歌德金质奖章等奖励；知道他前些年在广西师范大学出版社出版《杨武能译文集》，成为我国健在的翻译家出版十卷以上大型个人译文集的第一人，如此等等。不妨讲，我有幸见证了杨武能从一名研究生和小字辈成长为著名译家、学者、教授和博导的漫长过程。

杨教授说，像我这么对他知根知底且尚能提笔为文的"前辈"，可惜已经不多，所以一定要把为文集写序的重任托付给我。我呢，勉为其难，却不能负其所托，为了那数十年前我们还算年轻的时候结下的珍贵情谊！

序二

文学经典翻译与翻译文学经典

许 钧*

近读乔治·斯坦纳的《巴别塔之后——语言与翻译面面观》，书中有这么一段话："为了接近古人，得到精确的回响，每一代人都会出于这种强烈的冲动重译经典，所以每一代人都会用语言构筑起与自己相谐的过去。"①重译经典，在我看来，绝不仅仅是为了接近古人、构筑过去，而更是赋予古人以新的生命。文学经典的重译，就其根本意义而言，是文学经典重构与生成的过程。我一直认为，一部好的文学作品，一定呼唤翻译，呼唤着"被赋予生命的解读"。没有阐释与翻译，作品的生命便会枯萎。是翻译，不断拓展作品生命的空间，延续作品生命的时间。以此观照商务印书馆即将推出的《杨武能译德语文学经典》，我想向德语文学经典新生命在中国的创造者、杰出的翻译家杨武能先生致以崇高的敬意。

---

* 浙江大学文科资深教授，中华译学馆馆长。

① 斯坦纳.巴别塔之后——语言与翻译面面观［M］.孟醒，译.杭州：浙江大学出版社，2020：34.

一个杰出的翻译家,需要具有发现经典的眼光。我和杨武能先生相识已经快35个年头了。1987年,我在南京大学读研究生,主攻文学翻译与研究,那时杨武能先生因为重译了郭沫若先生翻译过的《少年维特之烦恼》,在国内文学翻译界声名鹊起,影响很大。时年5月,南京大学召开中国首届研究生翻译研讨会,南京大学研究生翻译学会让我与杨武能先生联系,我便向他发出了诚挚的邀请,恭请他出席研讨会做主旨报告,指导后学。那次报告的具体内容我已经记不清了,但我永远忘不了在会议期间的交谈中他叮嘱我的一句话:"做文学翻译,要选择经典作家。"选择,意味着目光与立场。梁启超曾在《变法通议》中专辟一章,详论翻译,把译书提高到"强国第一义"的地位。而就译书本

1985年,南京大学召开中国首届研究生翻译研讨会,我和杨先生及会议主办者合影于南京大学大门前。中间者为杨先生

身，他明确指出："故今日而言译书，当首立三义：一曰，择当译之本；二曰，定公译之例；三曰，养能译之才。"梁启超所言"择当译之本"，便是"译什么书"的问题。他把"择当译之本"列为译书三义之首义，可以说是抓住了译事之根本。回望杨武能先生60余个春秋的文学翻译历程，我们发现，从一开始他就把"择当译之本"当成其翻译人生的起点与基点。选择经典，首先要对何为经典有深刻的理解。文学经典，是靠阅读、阐释与翻译不断生成的。一个好的翻译家，不仅要对经典有自己独到的理解与领悟，更要在准确把握原文意义的基础上，把原文的精神与风貌生动地表现出来，让文学经典成为翻译经典。60余年来，杨武能先生翻译了近千万字的德语文学作品，无论是古典主义的《浮士德》、浪漫主义的《格林童话全集》、现实主义的《茵梦湖》，还是现代主义的《魔山》，每一部都堪称双重的经典：文学的经典与翻译的经典。首创性的翻译，是一种发现；成功的重译，是一种超越。我曾在多个场合说过，翻译，是历史的奇遇。一部好的作品，能遇到像杨先生这样好的译家，那是作家的幸运，也是读者的幸运。

一个杰出的翻译家，需要具有创造的能力。发现经典、选择经典是文学翻译的起点，而要让原作在异域获得新的生命，则需要译者付出创造性的劳动。莫言在诺贝尔奖颁奖典礼上发表感言时说："我还要感谢那些把我的作品翻译成世界很多语言的翻译家们，没有他们创造性的劳动，文学只是各种语言的文学，正是有了他们的劳动，文学才可以成为世界的文学。"创造性，是翻

1985年《译林》创刊5周年招待会上,与杨先生及诗人兼翻译家赵瑞蕻合影,左二为杨先生

译应具有的一种精神,也是历代译家所追求的一种境界。杨武能先生深谙翻译之道,他知道,一部文学佳作要在异域重生,需要翻译家发挥主体性,不仅译经典,更要还它以经典。早在1990年,他就撰写了《文学翻译与翻译文学:兼论翻译即阐释》一文,在文中明确区分了文学翻译与翻译文学的概念,指出:"要成为翻译文学,译本就必须和原著一样,具备文学一样的美质和特性,也即除了传递信息和完成交际任务,还要具备诸如审美功能、教育感化功能等多种功能,在可以实际把握的语言文字背后,还会有丰富的言外之意,弦外之音,以及意境、意象等难以言传、只可意会的玄妙的东西。"[1]基于这样的认识,他对文

---

[1] 杨武能.译翁译话[M].杭州:浙江大学出版社,2020:279.

学翻译应达到的高度有着自觉和积极的追求。他认为,"面对复杂、繁难、意蕴丰富、情志流动变换的原文",译者不能"消极地、机械地转换和传达或者反映",应该主动"深入地发掘、发扬和揭示"。为此,他调遣各种可能,去创造性地重现《少年维特的烦恼》中蕴含的多重情致与格调,传达《魔山》独特的哲理性与思辨性,"再现大师所表达的丰富深刻的思想、精神、感受,再创杰作所散发的巨大强烈的艺术魅力"(见《译翁译话》第82页)。

一个优秀的翻译家,应该具有不懈求真的精神。杨武能先生译文学经典有一个明确的目标,就是要"创造传之久远的、能纳入本民族文学宝库的翻译文学,要创造美的翻译和美玉、美文"(见《译翁译话》第19页)。文学翻译,要具有文学性,具有审美特质,具有美的感染力。作为一个优秀的翻译家,杨武能先生清醒地知道,当下的文学翻译界对于"美"的认识存在着不少误区,甚至有的把翻译之"美"简单地等同于辞藻华丽。他强调说明:"我翻译理念中的'美',指的是尽可能充分、完美地再创原著所拥有的种种文学美质。而非译者随心所欲地想怎么美就怎么美,更不是眼下一些人津津乐道的所谓的'唯美'。"(见《译翁译话》第19页)换言之,追求翻译之美,在于追求翻译之真,需要有求真的精神。再现美,首先要把握原作的美学价值与审美特征,为此必须对原作有深刻的理解。杨武能先生在文学翻译中始终秉承科学求真的精神,对拟译的文本、作家有深入的研究、不懈的探索,坚持在把握原文的精神、风格与特质的基础上再现原作之美,以达到形神兼备。翻译与研究互动,求真与求美融通,构成了杨武能先生文学翻译的一大特色,也因此铸就了杨武能先生翻译的伦理品格。

发现经典、阐释经典、再创经典,这便是杨武能先生的文学翻译之道。杨武能先生的译文,数量之巨、涉及流派之多、品质之高、影响之广,难有与之比肩者。开风气之先,以翻译不断拓展思想疆域的商务印书馆陆续推出《杨武能译德语文学经典》,这在中国的文学翻译出版史上是件大事,可喜可贺。在《杨武能译德语文学经典》即将与读者见面之际,杨先生嘱我写序,我欣然从命。一是因为我们有特殊的校友之情,在南京大学建校110周年之际,我曾写过一篇文章,题目叫《一直引着我前行——我心中的杰出校友杨武能先生》,对这位前辈校友,我心存感激:

2018年,中国翻译史上的大事件:中华译学馆成立!照片中前排左一为唐闻生,左三为杨先生,左二为本人

在我的翻译与翻译研究之路上，在我前行的每一个重要的路段，在我收获的每一个重要的时刻，都有他留下的指引的闪光。南京大学有幸有杨武能先生这样杰出的校友，他的杰出不仅仅在于他卓越的学术建树、他在国际日耳曼学界广泛的影响，更在于他在与后学的交往中所体现出的一种榜样的力量。二是因为我深知这是一份重托：前辈的文学翻译之路，需要一代代新人继续走下去；前辈的翻译精神，需要后辈继承与发扬。让我们从阅读《杨武能译德语文学经典》开始，追随杨武能先生，以我们用心的细读和深刻的领悟，参与经典的重构，让外国文学经典在中国的新生命之花更加灿烂。

2021年8月1日于南京黄埔花园

自序

天时·地利·人和
成就译翁"一世书不尽的传奇"

杨武能

我应约写过一篇《我的外语生涯》[①],回顾自己半个多世纪学外语、教外语、担任外语学院领导,以及使用外语做学术研究和进行国际文化交流的点滴往事和心得,以庆祝中国共产党成立100周年。这回我再写一文介绍我的翻译生涯,作为即将面世的《杨武能译德语文学经典》的自序。

60多年以外语为生存手段,教书和学术研究是我的本职工作,说多重要有多重要;然而,我毕生心心念念的却是文学翻译,梦寐以求的是成为一名文学翻译家兼作家,文学翻译才是我真正的志趣、爱好和事业。眼前这套《杨武能译德语文学经典》,乃我60多年心血的结晶。它犹如一棵树冠如盖的巨树,树上结满了鲜艳夺目、滋味鲜美、营养丰富的果实;它长在一片土壤肥美、风调雨顺的大园子里。这座历史悠久的名园叫:商务印书馆!

---

① 选自:王定华,杨丹.人类命运的回响——中国共产党外语教育100年［M］.北京:外语教学与研究出版社,2021.

开编新闻发布会上，巴蜀译翁杨武能分享从译60多年的经历与感悟

"译协影子会长"、译林出版社老社长李景端，一口气举出译翁创下的15项第一[①]

小子我从译之路漫长、曲折、坎坷，且不乏传奇色彩[②]。浙江

[①] 除了李景端，还有中国译协常务副会长黄友义先生和中华译学馆馆长许钧教授做了长篇视频致辞。

[②] 凤凰卫视2021年做了一期总题名为《译者人生》的专访，经"译协影子会长"李景端推荐，老朽被访了差不多一个星期，因为"他的故事多"。

大学出版社2020年出版的《译翁译话》、四川文艺出版社2017年出版的《译海逐梦录》和湖北教育出版社2000年出版的《圆梦初记》，都详述了我做文学翻译的经历和心路历程，这篇序文只摘取几个最奇异的片段，侧重说说我当文学搬运工一个多甲子的心得和感悟。一个多甲子啊，有几人熬得过……①

走投无路的选择

巴蜀译翁杨武能生于抗日战争全面爆发第二年的1938年，11年后新中国诞生时刚小学毕业。尽管当工人的父亲领着我跑遍山城重庆的包括教会学校在内的一所所中学，还是没能为他的儿子争取到升学的机会。失学了，12岁的小崽儿白天在大街上卷纸烟卖，晚上却步行几里路去人民公园的文化馆上夜校，混在一帮胡子拉碴的大叔大伯中学文化，学政治常识，学讲从猿到人道理的进化论。是父亲基因强大，我自幼便倾心于读书上学。

眼看我要跟父亲一样当学徒工

农民的孙子、工人的儿子，儿时的巴蜀译翁杨武能

---

① 一个多甲子从我得到李文俊、张佩芬提携，在《世界文学》发表译作算起，此前的小打小闹就不算啦。

重庆育才学校学生

了，突然喜从天降：第二年秋天，在父亲有幸成为其联络员的地下党帮助下，我"考取了"人民教育家陶行知创办的育才学校，进了重庆解放初唯一一所不收学费还管饭的学校！

在育才，我不仅圆了求学梦，还懂得了做人的道理。老师告诉我们要早日成才服务社会，还讲我们的目标就是实现电气化。于是我立志当一名电气工程师，梦想去建设想象中的三峡水电站。

毕业40年后回母校拜谒陶行知老校长

谁料，初中毕业时，一纸体检报告判定我先天色弱，不能学理工，只能学文，梦想随即破灭。1953年我转到重庆一中念高中，还苦闷彷徨了一年多,其间曾梦想学音乐当二胡演奏家或者歌唱家,结果也惨遭失败。后幸得语文老师王晓岑和俄语老师许文戎启迪、引导,才在走投无路的情况下选学外语,确立了先做翻译家再当作家的圆梦路线。

1956年秋天,一辆接新生的无篷卡车把我拉到北温泉背后的山坡上,进了西南俄文专科学校。凭着在育才、一中打下的坚实的俄语基础,我半年便学完一年的课程跳到了二年级。

高中学生杨武能

重庆一中毕业照(前排右一为王晓岑老师,右二为潘作刚老师,右四为唐珣季老师,右五为甘道铭校长,右六为刘锡琨副校长,右七为张富文老师,右八为陈尊德老师,右九为团委书记方延惠,右十为许安本老师,三排右三为我)

西南俄专，1957年元旦　　　　与同班同学刘扬体等游北温泉公园

因祸得福出夔门

眼看还有一年就要提前毕业，领工资孝敬父母，改善穷困的家庭生活，谁知天有不测风云：牢不可破的中苏友谊破裂了，学俄语的人面临"僧多粥少"的窘境。于

南京大学学子

是我被迫东出夔门，顺江而下，转到千里之外的南京大学读日耳曼学，也就是德国语言文学，从此跟德语和德国文化结下不解之缘。这一做梦也没想到的挫折，事后证明跟因视力缺陷不能学理工才学外语一样，又是因祸得福。

须知单科性的西南俄专，无论是硬件还是软件，都远远无法与老牌综合性大学南京大学相比。而今忆起在南大五年的学习生活，尽管远在异乡靠吃助学金过活的穷小子受了不少苦，仍感觉如鱼得水般地畅

天时·地利·人和　成就译翁"一世书不尽的传奇"　| xix

同班同学秋游中山陵，前排左三为挚友舒雨

本人是那个穿破裤子的裁判，注意：补丁是自己一针一针缝上去的

快，因为有了实现理想的条件和可能嘛。

要说南大学习条件优越，仅举一个例子为证：

搞文学翻译，原文书籍的获得和从中挑选出有价值的作品，

实乃第一件大事；没有可供翻译的原文，真叫"巧妇难为无米之炊"。作为南大学子，我身在福中。师生加在一起不过百人的德语专业，拥有自己的原文图书馆不说，还对师生一律开架借阅。图书馆的藏书装满了西南大楼底层的两间大教室，整个一座敞着大门的知识宝库，我呢，好似不经意就走进了童话里的宝山。

更神奇的是，这宝山也有个"小矮人"守护！别看此人个头矮小，却神通广大，不仅对自己掌管的宝藏了如指掌，而且尽职尽责，开放时间总是坚守在自己的位置上，对师生的提问一一给予解答。从二年级下学期起，我几乎每周都得到这"小老头儿"的服务和帮助。起初我只是感叹、庆幸自己进入的这所大学真是个藏龙卧虎之地！日后才得知这位其貌不扬、言行谨慎的老先生，竟然是我国日耳曼学宗师之一的大学者、大作家陈铨。

风华正茂的叶逢植老师

1982年陪叶老师走海德堡哲人之路

不过我在南大的文学翻译领路人并非陈铨，而是叶逢植。20世纪五六十年代，叶老师尚未跻身外文系学子崇拜的何如教授、张威廉教授等大翻译家之列。不过，我们班的同学仍十分钦慕他，对他在《世界文学》发表的译作，如席勒的叙事诗《伊璧库斯的仙鹤》和广播剧《人质》等津津乐道，引以为荣。

正是受叶老师影响，我才上二年级就尝试搞翻译，也就是当年为人所不齿的"种自留地"。1959年春天，《人民日报》发表了我翻译的非洲民间童话《为什么谁都有一丁点儿聪明？》，对我而言不啻翻译生涯中掘到的"第一桶金"。巴掌大的译文给了初试身手的小子我莫大鼓舞，以至一发不可收拾，继续在小小的"自留地"上挖呀，挖呀，挖个不止，全然不顾有可能戴上"资产阶级名利思想严重"和"走白专道路"的帽子。

真叫幸运啊，才华横溢又循循善诱的叶老师在一、二年级教我德语和德语文学。在他手下，我不只打下了坚实的语言基础，还得到从事文学翻译的鼓励和指点，因此在那个物质和精神都极度匮乏的困难年代，我们之间建立起了相濡以沫的深厚情谊。

小译者发表习作的大刊物

可怜，待分配的肺痨书生！

《译翁译话》第一辑《译坛杂忆》，详述了鄙人"种自留地"拿稿费改善自己和父母经济生活，以及后来在叶老师指引下在《世界文学》刊发德语文学经典翻译习作的情况。想当年，中国发表文学翻译作品的期刊，仅有鲁迅创刊、茅盾主编的《世界文学》一家，未出茅庐的大学生杨武能竟一年三中标，实在不易。

南大德文专业1962年毕业照（前排右五为学生们敬爱的郭影秋校长，右四为系主任商承祖，右三为张威廉教授，右二为林尔康老师，右一为马君玉老师；二排右一为帅哥关群，右二为"痨病鬼"，右三为刘大方，右四为贾慧蝶，右五为张淑娴，右六为小三姐舒雨，右七为团支书曹志慕，右八为志愿军大哥何平谷，右九为王志清大哥，右十为"二胡"潘振亚，右十一为班长张复祥；后排左一为秦祖镒，左二为张春富，左三为杨明，左四为篮球健将陈达，左五为沈祖芳，左六为林尧清，左七为张至德，左八为马明远，左九为华宗德）

就这样，还在大学时代，我连跑带跳冲上了译坛，可也为此付出了沉重代价：毕业前一年，我患了肺结核，住进了郭影秋任校长的南大在金银街5号专为学生设立的疗养所。

1962年秋天毕业却因病不得分配，我寂寞、痛苦地在舒雨的陪伴下①等待了几个月，才勉强回到由西南俄专发展成的四川外语学院报到。

毕业后头两年我还在《世界文学》发表了《普劳图斯在修女院中》和《一片绿叶》等德语古典名著的翻译。

谁料好景不长，1965年中国唯一一家外国文学刊物《世界文学》停刊了，接着就是十年"文革"，我的文学翻译梦遂成泡影，身心堕入了黑暗而漫长的冬夜。

否极泰来说"文革"

译翁对"文革"深恶痛绝，它不但粉碎了我做文学翻译家的美梦，还给年纪轻轻的小教员我扣上"反动学术权威"的帽子，仅仅因为我译过几篇古典名作而已。我父亲更惨，莫名其妙地就从革命群众变成"历史反革命"，被勒令到长寿湖学习改造，儿子自然也被划入了"黑五类"另册。业务再好，教学再努力，我当个小小教研室主任前边也得加个"代"字，真是倒霉到了极

---

① 舒雨，我的南大同班同学。身为老舍先生的三女儿，她身份显赫，生活优裕，却偏偏青睐我这个四川"小瘪三"。《译海逐梦录》里有一篇《小三姐》，写她为什么会陪我待分配，以及我在长江边上与她洒泪分别的情景。

1978年冬天，在导师冯至温暖的书房

1982年秋第一次到德国出席学术会议，会后随恩师冯至、叶逢植游览慕尼黑

点，憋屈到了极点！

正是太憋气、太受气，我才忍无可忍，才在1978年以40岁的大龄破釜沉舟：已经获得的讲师头衔不要了，抛下即将生第二个孩子的弱妻和尚年幼的女儿，愤而投考中国社会科学院冯至教授的研究生！

结果呢，我鲤鱼跳龙门，摇身一变成了歌德学者，成了"翰林院黄埔一期"[①]的一员！

若不是"文革"逼我铤而走险，十有八九小子我还是一名德语教员，充其量也就能奋斗进黄永玉老爷子所谓"满街走"的教授队列。

"文化大革命"把偌大

[①] "翰林院"系中国社会科学院研究生院当年的谑称。1978年恢复研究生制度，在"人才难得的呼喊声中"，许多被"文革"耽误、埋没的知识精英蜂拥进了社科院研究生院，在温济泽老院长的操持下，它的"黄埔一期"真出了不少将帅之才。

一个中国生生变成了文化荒漠。浩劫过后接着是文化饥渴,小子我生逢其时,交了好运,在人民文学出版社孙绳武和绿原前辈帮助下翻译出版了《少年维特的烦恼》,恰如灾荒年推到市场上一大筐新烤出来的面包,"饥民"们一阵疯抢,借着前辈郭老的余威,小子暴得大名!随后译作、著作便一本接一本上市喽。

时也,命也!

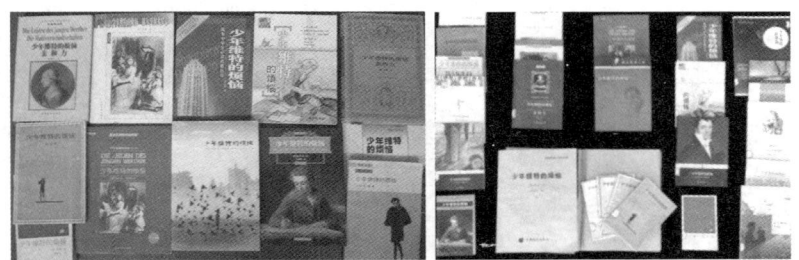

《少年维特的烦恼》部分杨译本(包括捐赠了稿费的盲文本)

经过这场浩劫,党和政府毅然拨乱反正,实行改革开放,为中华腾飞打下了坚实基础,小平同志居功至伟。我家里摆着两尊伟人铜像:一尊为毛泽东,一尊为邓小平!

祸兮福兮忆抗战

——亲爱的"下江人"

我出生在抗日战争全面爆发的第二年,依稀记得大人抱着我躲警报的情景,刚懂一点点事就切齿痛恨日本鬼子狂轰滥炸我的家园,永世不忘国家民族的深仇大恨!

抗战期间，陪都重庆经济文化空前繁荣，小小年纪的我同样受益匪浅。这里我讲一个非亲历者体会不到的例子：

抗战时期逃难到大后方的有许多"下江人"，也就是江浙、京沪乃至东三省的上层人士和文化精英。抗战期间，难民们受到四川的庇护、款待，对包括重庆在内的第二故乡四川怀有深深的感恩之情。前不久我读到叶逢植老师的一部未刊德语回忆录，说他们从四川回南京后自然形成了一个讲四川话的小圈子，大家都以到过四川为荣，彼此格外亲切。我长大后浪迹南京、北京，涉足文坛遇到许多恩人贵人，从恩师冯至先生到挚友老舍的三女儿舒雨和她的丈夫潘武一，从亦师亦友的译坛领路人叶逢植到忘年之交英语兼德语翻译家傅惟慈，从高风亮节的诗人、翻译家兼编辑家绿原到作家、翻译家冯亦代，等等。这些在我从译和治学路上扶持、提携我，有恩于我的人，他们的一个

冯亦代三不老胡同听风楼中的座上客

鲁迅文学奖翻译奖评议组组长绿原和他的组员杨武能

共同点便是饮过川江水的"下江人"。我忍不住要述说自己这一特殊经历、感受,因为老头子不讲,再过一些年恐怕没有谁会再知道和再想起讲这些亲爱的"下江人"啦!

京城有巴蜀游子的两个落脚点:一个在舒雨、潘武一灯市西口的家中,一个在傅惟慈四根柏胡同的小院里。左一为傅教授的儿女亲家叶君健

人生路漫长曲折,祸福无常,祸福相倚。鄢翁60多年的译著生涯,每每印证此理。多有"山重水复疑无路"的困顿迷茫,绝望挣扎,接着总会"柳暗花明又一村",眼前豁然开朗,心中欣幸欢悦。此时此刻此情此景,每一个不惧艰险、不懈奋进的追求者,都会像浮士德博士一样喊出:你真美啊,请停一停!

鄢翁咬牙在从译之路上奔波、跋涉,一次次跌倒了再爬起来,方有今日之光景。但柳暗花明和跌倒了再爬起来,打拼出新的局面,没有幸逢一位位恩人、贵人,那是不可能的!

格林童话助我"返老还童"

回眸一个多甲子的文学翻译生涯,无论如何也不能不说说译林出版社和它1993年推出的《格林童话全集》。而今,杨译格林童话在读者中的影响,已经超过杨译《少年维特的烦恼》和《浮士德》,为我赢得的老少粉丝数以亿计。不仅如此,《格林童话全集》帮助我"返老还童",使我这棵翻译"老树"在风风雨雨半世纪之后又发出了"新枝"。这个情况,当然早已为业内注意到,于是我慢慢被视为译介少儿作品的好手,因此收到了各式各样的约请。

2007年,经儿童文学理论家王泉根教授推荐,我应邀担任湖南少年儿童出版社"全球儿童文学典藏书系"的"翻译专家委员会委员",不但接受组织德语作品翻译的委托,自己也承担和完成了《七个小矮人后传》和《胡桃夹子》等几本小书的翻译。书虽说单薄,跟我已出版的大多数译著相比微不足道,却是我进入新的年龄段即70岁后的第一批成果,不但使我重温了20年前翻译《格林童话》的美妙滋味,还认识到为孩子们干活儿的非凡意义。不再做翻译的决心动摇了,我开始考虑在保持健康的前提下,力所能及地再为孩子们做点事。

恩德此书被誉为德语文学的现代经典,貌似童书,却有点《浮士德》《西游记》的味道

2010年，以出版少儿读物享有盛誉的二十一世纪出版社找到远在德国的我，约我翻译德国当代著名儿童文学作家普罗斯勒的《大帽子小精灵霍柏》与《霍柏和他的朋友毛球儿》。为考验该社诚意，我提出相当高的签约条件，不想他们慨然应允，这就使我再也脱不了手。两本小书交稿后，他们又请我重译已故当代德国儿童文学大师米切尔·恩德的代表作《永远讲不完的故事》和Momo。

如同Momo，此书是批判后工业社会的生态小说

我查了资料，发现这两本书的旧译不但广为流传，而且译者都是熟人，因此颇感为难。我把疑虑告诉了联系人，得到的回答却是请我重译一事已经过慎重考虑，决定系由社长张秋林本人做出，只因他喜欢我的译笔[①]。思考再三，几经踌躇，我终于决定接受约请，理由是应该以广大小读者的接受为重，以大师恩德杰作的传播为重，而不能太在乎个人的得或失[②]。

我为二十一世纪出版社翻译的童书很多，这里只展示《永远

[①] 前些年，秋林曾代表台湾地区某出版社约我译恩德的《如意潘趣酒》。

[②] Momo在20世纪八九十年代就有中译本，我印象最深的是译林出版社资深编辑赵燮生的《莫莫》，因为燮生邀我为它写过序。二十一世纪出版社的重译本《毛毛》也许译名取得巧，结果后来居上。我重译了Momo，尽管煞费苦心把译名变成了《嫫嫫》，还是未能免掉麻烦和困扰。不过这只是一点点不值一提的鸡毛蒜皮，革命航船仍然乘风破浪，也就是得大于失，反倒加快了"返老还童"的进程。

讲不完的故事》和《如意潘趣酒》的封面。

再说我的"返老还童",为此我由衷感谢在激烈的争夺中与我签订"格林兄弟"作品出版合同的李景端[①],还有责任编辑施梓云,没有这位称职"保姆"养育、呵护,"孩子"不会长得如此健壮可爱,这么有出息!很自然地,译林出版社和李、施两位都成了本翁的好朋友。

欣慰自豪一二三

我从译半个多世纪真没少经历痛苦磨难,但更多的是师友的教诲、帮助,恩人贵人的扶持、提携,因而有了一些可堪欣慰、自豪的成绩,在此略述一二。

其一,毕生所译几乎全是名著佳作,尤以古典杰作居多。翻译古典名著很难避免重译。重译亦称复译,复译之必要已为业界公认,问题只在质量和效果。重译者做到了推陈出新、更上层楼,有利于原著进一步传播,有利于读者更好地接受,价值就不容否认和低估,就不一定比新译或所谓"原创性翻译"来得差。具体说到我重译的歌德代表作《浮士德》《少年维特的烦恼》《迷娘曲——歌德诗选》《歌德谈话录》,以及《阴谋与爱情》《海涅抒情诗选》《茵梦湖》和《格林童话全集》等,事实

[①] 他一听说漓江出版社也属意我的《格林童话》译稿,立马从南京奔到我成都的家中,和我签了出版合同。

表明都得到了同行专家的赞赏,出版界和读书界的欢迎。例如《少年维特的烦恼》入选了人民文学出版社、作家出版社以及商务印书馆等权威大社"名著名译"丛书,《浮士德》被藏入国家领导人的书柜,《格林童话全集》成为教育部推荐的中学生"新课标"选本。

除了重译,译翁也有不少首译的作品,较重要的如托马斯·曼70多万字的巨著《魔山》,黑塞的长篇小说《纳尔齐斯与歌尔德蒙》,海泽的中篇集《特雷庇姑娘》,迈耶尔的中篇集《圣者》,以及霍夫曼、克莱斯特等的许多中短名篇,还有米切尔·恩德的现代经典童话《如意潘趣酒》等,加在一起不但数量可观,也同样受到读者欢迎、同行肯定。

《魔山》等经典名著部分译本

其二,鄙翁尽管痴迷于文学翻译实践,却不只顾埋头译述,做一个吭哧吭哧的"搬运工",也对文学翻译做过不少理论思考,对它的性质、意义、标准以及从事此道的人必须具备的条件和修养等,形成了有个人见解且言之成理、立论有据的理念,或者勉强也算理论。老朽自视为译学研究舞台上的"票友",却有同行谬赞吾为"文学翻译家中的思想者"。

说起文学翻译理论,一言以蔽之,我特别重视"文学"二字。早在20世纪80年代,区区就强调优秀的译文必须富有与原著尽可能贴近的种种文学元素和美质,也就是在读者审美鉴赏的显微镜下,译文本身也必须是文学,即翻译文学。而这一点,即文学翻译除去正确和达意之外,还必须富有与原文近乎一样的文学美质,正是文学翻译的难点和据以区别于他种翻译的特质。

德国人称纯文学(即 Belletristik)为"美的文学"(schöne Literatur),我想不妨也称文学翻译为"美的翻译",或曰"艺术的翻译"。使自己的译作成为"美的翻译",成为"美玉"、美文,成为翻译文学,是我半个多世纪翻译生涯的不变追求。

为避免误解,我必须强调:翻译理念中的"美",指的是尽可能充分、完美地再创原著所拥有的种种文学美质,而非译者随心所欲地想怎么美就怎么美,更不是眼下一些人津津乐道的所谓"唯美"和为美而美。

要创造传之久远的、能纳入本民族文学宝库的翻译文学,要创造美的翻译、美文、"美玉",必须充分发挥翻译家的主观能动性和创造精神。因此我赞成说文学翻译是艺术再创造;因此我认为,翻译家理所当然地应当是文学翻译的主体,也事实上是主体。

其三,我践行了早年提出的文学翻译家必须同时是学者和作家的理念,几十年来努力追寻季羡林、戈宝权、傅雷等译界前辈的足迹,把研究、翻译、创作紧密结合起来,让它们相辅相成、相得益彰,在完成教师本职工作之余,翻译、研究、创作齐头并进,在三个方面都取得了或大或小的成绩,出版的译著、论著和创作总计约40部。即使仅仅作为翻译家,我在学者和作家朋友面前当也不自惭形秽。其他理由不说了,只讲我译著的读者数量以千万计,而一部名著佳译流传数十年甚至更加长远,可以影响一代又一代人,这难道不值得自豪吗?

还值得一说的是,几十年来我积极参加国内外翻译界的活动,不甘于做一个把自己关在屋子里爬格子的书呆子和匠人。有机会向前辈和国内外同行学习,我获益匪浅。

社科院众多大儒中我最亲近戈宝权。1987年他应邀出席四川翻译文学学会成立大会,会后偕夫人梁培兰做客我在四川外语学院的寒舍,与我妻子王荫祺和次女杨熹合影。我受他影响,也涉猎中外文化关系研究

我读研时去北大听过田德望先生的课，他待我很好。我参评教授时，他写推荐多有美言，是我视为表率的德语和意大利语翻译大家

1985年，我参加了在烟台举行的全国中青年文学翻译经验交流会

也是1985年，出席《译林》杂志创刊五周年纪念会，我拜识了一大批前辈名家。

三排右一为周珏良，右二为毕朔望，右三为杨岂深，右四为吴富恒，右五为戈宝权，右六为汤永宽，右七为屠珍，右八为梅绍武；中排左一为吴富恒夫人陆凡，左二为董乐山；前排左一为东道主，左二为陈冠商，左三为杨武能，左四为郭继德，左五为施咸荣

1992年珠海白藤湖，我出席海峡两岸文学翻译研讨会，欣逢自称半个四川人的"下江人"余光中先生，与他一见如故。

乡愁诗人与我的忘年之交

在白藤湖，我还拜识了王佐良、齐邦媛和金圣华等译界名宿。

图为李文俊、方平、董衡巽和小杨（时年54岁）

2004年任欧洲译协驻会翻译家

1999年歌德诞辰250周年，我受聘赴魏玛"《浮士德》翻译工场"打工，作为唯一中国代表与来自全世界的《浮士德》翻译家切磋译艺。"工场"关门后又应邀赴艾尔福特开更大的世界歌德翻译家研讨会。

天时·地利·人和　成就译翁"一世书不尽的传奇" | xxxvii

在欧洲译协与诺奖得主君特·格拉斯相谈甚欢

遗憾的是，当今中国，翻译家在文艺界和学术界没有受到足够的重视：即使是经典译著，在高校通常也不算科研成果，翻译的稿酬标准也远低于创作。对此，翻译家们心怀愤懑却无能为力，不少人因此失望、自卑。译翁却不但不自卑，心中还充满自豪，反倒为自己是一名有成就、有作为、有影响的文学翻译家自豪！

夫唱妇随，在欧洲译协驻会翻译家居住的小别墅门前

在艾尔福特的世界歌德翻译家研讨会做报告

2018年荣获"翻译文化终身成就奖",这是巴蜀译翁在国内得到的最高奖项

我不是傅雷，我是巴蜀译翁，巴蜀译翁！

近些年，有媒体报道称老朽为"德语界的傅雷"：

2013年6月27日，中国网河南频道报道"德语界傅雷"杨武能荣获歌德金质奖章；《成都商报》说什么"德语界的傅雷"川大教授杨武能获得了"翻译诺贝尔奖"；2018年，又有报道说80高龄的杨武能"拿下了"翻译文化终身成就奖，称誉他为"德语界的傅雷"，云云。不只某些媒体，严谨的学术界也偶有拿我跟傅雷相提并论者。

傅雷先生（1908—1966）是中国翻译文学史上的一座丰碑，我走上文学翻译道路就是中学时代受了先生和汝龙、丽尼等前辈的影响，傅雷更是我从译之路上的向导乃至偶像。我说我不是傅雷，没有丝毫贬低他的意思，相反我对先生十分崇敬和感激。我所以坚称自己不是傅雷，因为我就是我，我跟傅雷有太多的不同。多数的不同不言自明，只有一点必须要强调，因为影响大而深远：

傅雷比我早生30年，58岁不幸去世；同成长在新中国，虽也历经坎坷，却在和平环境里幸福地多劳作了数十年的译翁，不可同日而语！译翁施展的时间和空间远远大于傅雷前辈，能创造和贡献的自然应该更多更大。至于是不是真的更多更大，则有待评说。

感恩故乡，感恩祖国

2018年年届耄耋，我突发奇想，给自己取了个号或曰笔名：巴蜀译翁。

一辈子混迹文坛，我用过的笔名不少，大多随用随弃，但这"巴蜀译翁"将一直用下去。它不只蕴含着我对故乡无尽的感恩之情，还另有一层含义！

我出生在山城重庆较场口十八梯下厚慈街，从小爬坡上坎，忍受火炉炙烤熔炼，练就了强健的筋骨、刚毅的性格。天府四川的文学沃土养育我茁壮生长，我自幼崇拜李白、杜甫、苏东坡，尤其是苏东坡！我生而为重庆人，重庆人就是四川人；我一辈子都为自己是四川人而自豪，为自己是李白、杜甫、苏东坡、郭沫若、巴金的同乡、后辈而自豪。没想到行政区划的

苏东坡，译翁奉他为古代中国的歌德①

---

① 2000年法国《世界报》评选出1001—2000年间的"千年英雄"，全世界入选者12人，中国也是亚洲入选的唯一一位就是苏东坡。

变化，有一天我突然不是四川人了！我实在难过，想起杜甫草堂、武侯祠、三苏祠就难过！我取"巴蜀译翁"这个名号，是要表明自己对四川—重庆人这个身份的忠诚。

得意忘形　"引吭高歌"

杨武能著译文献馆（巴蜀译翁文献馆）开馆展。左一为四川大学文学院院长曹顺庆，左二为重庆市作协主席冉冉，左四为著名翻译家刘荣跃，左五为华裔德籍著名歌德研究家顾正祥我2008年从川大退休旅居德国，2014年送重病的妻子回重庆就医；2015年，重庆图书馆成立了杨武能著译文献馆。三年后，我逮住建立成渝双城经济圈和巴蜀文旅走廊的机会，赶快将它正名为"巴蜀译翁文献馆"，以舒缓心中的伤痛！

据我所知还没有为一个"文化苦力"建有巴蜀译翁文献馆这般高规格、大体量的个人文献馆的先例。

重庆武隆的世界自然遗产地仙女山还建有一座巴蜀译翁亭，实属少见。

这一馆一亭的意义和未来，还活着的译翁本人不便说，也说不清楚，只感觉这是故乡对区区无尽的爱，厚重得不能承受的爱，所以，巴蜀译翁这个笔名对我之要紧、珍贵，胜过父亲按字辈给我取的本名！

再看巴蜀译翁亭的柱子上，有一副楹联：

上联　浮士德格林童话魔山　永远讲不完的故事

下联　翻译家歌德学者作家　一世书不尽的传奇

组成上联的是我四部代表译著的题名，下联是我的主要身份以及一生的重大建树。

戈宝权评郭沫若说：郭老即使只翻译了一部《浮士德》，就很了不起。巴蜀译翁成功译介的经典多得多！

说主要身份，意味着还有其他身份略而未表。说一说幸得冯至先生亲传的歌德学者吧，译翁是荣获国际歌德研究最高奖"歌德金质奖章"唯一中国学人，其他似乎不用再说。只有作家这个身份，译翁还须努力夯实它。

天时·地利·人和　成就译翁"一世书不尽的传奇"　| xliii

重庆武隆仙女山巴蜀译翁亭揭幕，出席仪式者除主持仪式的县委领导和川渝文化名流，还有来自德国、美国、澳大利亚、日本、马来西亚等国的华裔作家和文艺家。他们经由小女杨悦组织来世界自然遗产地武隆仙女山采风，其中不乏周励这样的大作家①，却自谦为译翁的粉丝（张晓辉　摄）

译翁信心满满，只要坚守"生命在于创造，创造为了奉献"这个座右铭，一旦得到缪斯女神眷顾，诗的闸门就会大开。他有翻译家超强的笔力和得自书里书外的人生体验，可以讲的故事多着呢！仔细想想，真是每一部重要译著背后都有精彩故事呢，也就难怪李景端在提议凤凰卫视来专访我时讲：他的故事多！

"一世书不尽的传奇"？好大一个牛皮！

不是牛皮是事实！

---

①　代表作为《曼哈顿的中国女人》《亲吻世界——曼哈顿手记》。更令译翁钦佩的是，她还是一位极地旅行家，著有多部旅游探险记。

新中国成立前四川有句民谚："养儿不用教，酉秀黔彭走一遭！"说的是四川这几个地方极度苦寒，娇生惯养的娃娃只要去那里走一走，看一看，就会知道生活艰难，不懂事的就会懂事。我祖父杨代金是彭水（现武隆）大娄山上的贫苦农民，他儿子我爸跑到重庆城当了电灯工人，他孙子我巴蜀译翁现如今成了享誉海内外的翻译家、学者、作家还有教授、博导、大学副校长，您说传奇不传奇？

若问哪个（怎么）会出现这样的传奇？回答：天时、地利、人和呗！

欲知究竟，劳驾到重庆沙坪坝凤天路106号，去逛逛重庆图书馆的巴蜀译翁文献馆。您一进文献馆大门，就会看见屏风上写着答案。

巴蜀译翁文献馆门厅处屏风

看样子传奇还不算完，尽管译翁已经八十有三。须知他的座右铭是"生命在于创造,创造为了奉献",在有生之年,他还要继续创造,继续奉献,也就是生命不息,奋斗不止!在光辉灿烂的新时代,译翁有一个梦:老头儿梦见自己"年富力强",变成了新的自己,正铆足劲儿,要创造一个个新的传奇……

民族复兴大业美好、光荣、伟大,本翁啷个能不参与,不投入其中呢?!

结语:没有共产党缔造新中国,就没有巴蜀译翁!没有父母养育、亲属支持①、师长教导、友朋帮衬、贵人提携,就没有巴蜀译翁!故而译翁在中国共产党成立100周年之际开始结集出版自己60余载心血的结晶《杨武能译德语文学经典》,把它献给我的人民、我的国家,把它献给我的亲戚朋友,献给我的母校育才、一中、俄专、南大、社科院研究生院,以及德国洪堡基金会(Alexander von Humboldt-Stiftung),献给我在中国和德国的老师、同学,最后,还献给支持、厚爱译翁的千万读者、粉丝,老的少的粉丝!

德国大文豪、大思想家歌德说:我们都是"集体性人物"!意即我们生命中包括父母、亲属、师长、同学、同事、同行的许许多多人有意无意地影响了我们,从正面或者反面帮助、促成我们的成长、发展,造就了我们,最终决定了我们成为什么样的人。不能不说明,写在纸上的都是美好、阳光、正面的人和事;

---

① 必须感谢我的家人,特别是我的妻子王荫祺。她与我志同道合、同甘共苦三十五载,精心养育两个女儿,多方面为我分劳分忧,不只生活中给我无微不至的照顾,还参与我多部作品的翻译工作。在《译翁情话》里,将对她述说很多很多。

可在现实生活中，译翁跟所有人一样也遭遇过阴暗和丑陋，但那些阴暗和丑陋也磨炼、激励了我，最终成就了我，同样是我的塑造者！

　　茫茫人海，天高地阔，万类霜天竞自由！少了哪一类都不行，少了哪一物种世界都不会如此多姿多彩，生活都不会如此美好、幸福，译翁都不会活得如此有滋有味！多谢啦，一切从正面或反面促成、造就我的人，译翁感激你们哟，爱你们哟！

2021年12月于山城重庆图书馆巴蜀译翁文献馆

目　次

第一编 ·· 1
第二编 ·· 67
编者致读者 ·· 110
译余漫笔
　话说《维特》与"维特热" ································· 148

关于可怜的维特的故事，凡是我能找到的，我都努力搜集起来，呈献在诸位面前了；我知道，诸位是会感谢我的。对于他的精神和品格，诸位定将产生钦慕与爱怜；对于他的命运，诸位都不免一洒自己的同情泪。

而你，正感受着与他同样烦恼的善良人呵，就从他的痛苦中汲取安慰，并让这本薄薄的小书做你的朋友吧，要是你由于命运的不济或自身的过错，已不可能有更知己的人的话。

第一编

一七七一年五月四日

我多高兴啊，我终于走了！好朋友，人心真不知是个什么东西！我离开了你，离开了自己相爱相亲、朝夕不舍的人，竟然会感到高兴！我知道你会原谅我。命运偏偏让我结识了另外几个人，不正是为了来扰乱我这颗心么？可怜的蕾奥诺莱！但我是没有错的。她妹妹的非凡魅力令我赏心悦目，却使她可怜的心中产生了痛苦，这难道怪得着我？然而——我就真的完全没有错吗？难道我不曾助长她的感情？难道当她自自然然地流露真情时，我不曾沾沾自喜，并和大家一起拿这原本不可笑的事情来取笑她么？难道我……？唉，这人啊真是一种惯会自怨自责的怪物！而我，亲爱的朋友，我向你保证，我一定改弦更张，绝不再像已往那样，总把命运加给我们的一点儿痛苦拿来反复咀嚼回味；而要享受眼前，过去了的就让它过去。是的，好朋友，诚如你所说：人们要是不这么没完没了地运用想象力去唤起昔日痛苦的回忆——上帝才知道他为什么把人造成这个样子——而是多多考虑考虑如何挨过眼前的话，人间的痛苦本来就会少一些的。

　　劳驾告诉我母亲，我将尽力料理好她那件事，并尽快回信给她。我已见过我姑妈，发现她远非我们在家里所讲的那么个刁婆子，而是一位热心快肠的夫人。我向她转达了我母亲对于扣下一部分遗产未分的不满；她则对我说明了这样做的种种理由和原因，以及要在什么条件下，她才准备全部交出来，也就是说比我们要求的还多……简单讲，我现在还不想具体谈什么；请转告我母亲，一切都会好起来的。就在这件小小的事情上，好朋友，我再次发现误解与成见，往往会在世界上铸成比诡诈与恶意更多的过错。至少可以肯定，后两者要罕见一些。

　　再就是我在此间非常愉快。这个乐园一般的地方，它的岑寂正好是医治我这颗心的灵丹妙药；还有眼前的大好春光，它的温暖已充满我这颗时常寒栗的心。每一株树，每一排篱笆上，都是繁花盛开；人真想变成一只金甲虫，到那馥郁的香海中去遨游，去尽情地吸露吮蜜。

　　城市本身并不舒适，四郊的自然环境却说不出地美妙。也许这才打动了已故的 M 伯爵，把他的花园建在一座小丘上。类似的小丘在城外交错纵横，千姿百态，美不胜收，丘与丘之间还构成一道道幽静宜人的峡谷。花园布局单纯，一进门便可感觉出绘制蓝图的并非某位高明的园艺家，而是一颗渴望独享幽寂的敏感的心。对于这座废园已故的主人，我在那间业已破败的小亭中洒下了不少追怀的眼泪；这小亭子是他生前最爱待的地方，如今也成了我流连忘返的所在。不久我便会成为这花园的主人；没几天工夫看园人已对我产生好感，再说我搬进去也亏不了他。

五月十日

一种奇妙的欢愉充溢着我的整个灵魂，使它甜蜜得就像我专心一意地享受着的那些春晨。这地方好似专为与我有同样心境的人创造的；我在此独自享受着生的乐趣。我真幸福啊，朋友！我完全沉湎在对宁静生活的感受中，结果我的艺术便荒废了。眼下我无法作画，哪怕一笔也不成；尽管如此，我现在却比任何时候都更配称一个伟大的画家。每当我周围的可爱峡谷霞气蒸腾，呆呆的太阳悬挂在林梢，将它的光芒这儿那儿地偷射进幽暗密林的圣地中来时，我便躺卧在飞泉侧畔的茂草里，紧贴地面观察那千百种小草，感觉到叶茎间有个扰攘的小小世界——这数不尽也说不清的形形色色的小虫子、小蛾子——离我的心更近了，于是我感受到按自身模样创造我们的全能上帝的存在，感受到将我们托付于永恒的欢乐海洋之中的博爱天父的嘘息，我的朋友！随后，每当我的视野变得朦胧，周围的世界和整个天空都像我爱人的形象似的安息在我心中时，我便常常产生一种急切的向往，啊，要是我能把它再现出来，把这如此丰富、如此温暖地活在我心中的形象，如神仙似的呵口气吹到纸上，使其成为我灵魂的镜子，正如我的灵魂是无所不在的上帝的镜子一样，这该有多好啊！——我的朋友！——然而我真去做时却会招致毁灭，我将在壮丽自然的威力底下命断魂销。

五月十二日

不知是附近一带有愚弄人的精灵呢,还是我自己异想天开,竟觉得周围的一切都如乐园中一般美好。就在城外不远有一口井,我真像人鱼美露西娜①和她的姊妹似的迷上了它。下了一座小丘,来到一顶凉棚前,再走下二十步石阶,便可见大理石岩缝中涌出一泓清澈的泉水。那绕井而筑的矮墙,那浓荫匝地的大树,那井泉周围的清凉,这一切都有一股诱人的力量,令人怦然心悸。我没有一天不去那儿坐上个把小时。常有城里的姑娘们来打水,这是一种最平凡又最必要的工作,古时候连公主们也亲自做过的。每当我坐在那儿,古代宗法社会的情景便活现在我眼前,我仿佛看见老祖宗们全聚在井泉边,会友的会友,联姻的联姻;井泉四周的空中,飞舞着无数善良的精灵。呵,谁若无此同感,谁就必定从不曾在夏日的长途跋涉后,把令人神怡气爽的清泉啜饮。

五月十三日

你问需不需要寄书给我?——好朋友,我求你看在上帝分上,

---

① 美露西娜是法国民间传说中的美人鱼。她的故事后来流传到德国,收进了民间故事书中。

千万别再拿它们来烦扰我吧。我不愿意再被指导,被鼓舞,被激励;我这颗心本身已够不平静的了。我需要的是催眠曲;而我的荷马①,就是一首很长很长的催眠曲。为了使自己沸腾的血液冷静下来,我常常轻轻哼这支曲子;要知道你还不曾见过任何东西,像我这颗心似的反复无常、变化莫测哟,我的爱友!关于这点我对你毋须解释;你不是已无数次地见过我从忧郁一变而为喜悦,从感伤一变而为兴奋,因而担惊受怕过么?我自己也把我这颗心当作一个生病的孩子,对他有求必应。别把这话讲出去,传开了有人会骂我的。

五月十五日

本地的老乡们已经认识我,喜欢我,特别是那班孩子。起初,我去接近他们,友好地向他们问这问那,他们中有几个还当我是拿他们开心,便想粗暴地打发走我。我并不气恼;相反只对一个我已多次发现的情况,有了切身的体会:就是某些稍有地位的人,总对老百姓采取冷淡疏远的态度,似乎一接近就会失去什么来着;同时又有一些轻薄仔和捣蛋鬼,跑来装出一副纡尊降贵的模样,骨子里却想叫穷百姓更好地尝尝他们那傲慢的滋味。

---

① 荷马,相传为公元前8世纪前后的希腊盲诗人,他的主要作品为史诗《伊利亚特》和《奥德赛》。维特读的是后者。

我清楚地知道，我与他们不是一样的人，也不可能是一样的人；但是，我认为谁如果觉得自己有必要疏远所谓下等人以保持尊严，那他就跟一个因为怕失败而躲避敌人的懦夫一样可耻。

最近我去井边，碰到一个年轻使女，见她把自己的水瓮搁在最低的一级台阶上，正在那儿东瞅瞅，西望望，等着同伴来帮助她把水瓮顶到头上去。我走下台阶，望着她。

"要我帮助你吗，姑娘？"我问。

她顿时满脸通红。

"噢不，先生！"她道。

"别客气！"

她放正头上的垫环，我便帮她顶好水瓮。她道过谢，登上台阶去了。

五月十七日

我已认识各式各样的人，但能做伴的朋友却还一个没交上。我不知道自己有什么吸引人的地方，他们那么多人都喜欢我，愿意与我亲近；而惟其如此，我又为我们只能同走一小段路而感到难过。你要是问这儿的人怎么样，我只能回答：跟到处一样！人类嘛都是一个模子铸出来的。多数人为了生活，不得不忙忙碌碌，花去大部分时间；剩下一点点余暇却使他们犯起愁来，非想方设法打发掉不可。这就是人类的命运啊！

此地的人倒挺善良！我常常忘记自己的身份，和他们一起共享人类还保留下来的一些欢乐，或围坐在一桌丰盛的筵席前开怀畅饮，纵情谈笑，或及时举行一次郊游、一次舞会。等等这些，都对我的心境产生了很好的效果；只可惜偶尔我不免想起，我身上还有许多其他能力未能发挥，正在发霉衰朽，不得不小心翼翼地收藏起来。唉，一想到这一点，我的整个心就缩紧了。——可有什么办法！遭人误解，这便是我们这种人的命运。

可叹呵，我青年时代的女友已经去世！可叹呵，我曾与她相识！——我真想说："你是个傻瓜！你追求着在人世间找不到的东西。"可是，我确曾有过她，感到过她的心，她的伟大的灵魂；和她在一起，我自己仿佛也增加了价值，因为我成了我所能成为的最充实的人。仁慈的主呵！那时难道有我心灵中的任何一种能力不曾发挥么？我在她面前，不是能把我的心用以拥抱宇宙的奇异情感，整个儿抒发出来么？我与她的交往，不就是一幅不断用柔情、睿智、戏谑等织成的锦缎么？这一切上面，全留下了天才的印记呀！可如今！——唉，她先我而生，也先我而去。我将永远不会忘记她，不会忘记她那坚定的意志，不会忘记她那非凡的耐性。

几天前，我见过一个叫 V 的青年，为人坦率，模样儿长得也挺俊。他刚从大学毕业，虽说还不以才子自居，却总以为比别人多几分学问。我从一些事情上感觉出，他人倒勤奋，一句话，也有相当知识吧。当他听说我会画画，还懂希腊文——这在此间可算两大奇技，便跑来找我，把他渊博的学识一股脑儿抖搂了出来，从巴托①谈到伍德②，从德·俾勒③谈到温克尔曼④，并要我相信他已把苏尔泽⑤的《原理》的第一卷通读过一遍，他还收藏有一部海纳⑥研究古典文化的手稿呢。对他的话我未置一词。

我还结识了一位很不错的男子，是侯爵在本城的总管，为人忠厚坦诚。据说，谁要看见他和他的九个孩子在一块儿，谁都会打心眼儿里高兴；尤其对他的大女儿，人家更是赞不绝口。他已邀请我上他家去，我也打算尽早前往拜访。他住在侯爵的猎庄上，离城约一个半小时路程；自妻子亡故以后，他住在城里和法院里都心头难受，便获准迁到猎庄去了。

此外，我还碰着几个怪人，一举一动都叫你受不了，尤其是他们的那股子亲热劲儿。

再谈吧！这封信你一定喜欢，它完完全全是纪实。

五月二十二日

人生如梦，这是许多人早已有过的感受；而我呢，到哪里也

---

① 巴托（Abbe Charles Batteux, 1713—1780），法国美学家，法国艺术哲学的奠基人。

② 伍德（Robert Wood, 1716—1771），英国著名荷马研究家。

③ 德·俾勒（Roger de Piles, 1635—1709），法国画家和美术理论家。

④ 温克尔曼（Johann Joachim Winkelmann, 1717—1768），德国考古学家和古代艺术史家。

⑤ 苏尔泽（Johann Georg Sulzer, 1720—1779），瑞士美学家。

⑥ 海纳（Christian Gottlob Heyne, 1729—1812），德国古典语言学家和古希腊文学研究家。

会生此同感。我常常看见人的创造力和洞察力都受到局限;我常常看见人的一切活动,都是为了满足某些需要,而这些需要除去延长我们可怜的生存,本身又毫无任何目的;临了儿,我还发现,人从某些探索结果中得到的自慰,其实只是一种梦幻者的怠惰,正如一个囚居斗室的人,把四面墙壁统统画上五彩缤纷的形象与光辉灿烂的景物一般——这一切,威廉哟,都令我哑口无言。我只好回到自己的内心,去发现一个世界!为此又更多地依靠预感与朦胧的渴望,而不依靠创造与活力。这一来,一切对于我的感官都是游移不定的;我也如在梦里似的,继续对着世界微笑。

大大小小的学究们一致断定,小孩儿是不知何所欲求的;岂止小孩儿,成人们还不是在地球上东奔西闯,同样不清楚自己打哪儿来,往哪儿去,同样干起事来漫无目的,同样受着饼干、蛋糕和桦木鞭子的支配。这个道理谁都不肯相信,但我想却是显而易见的。

因为我知道你听了会说些什么,我乐于向你承认:我认为,那些能像小孩儿似的懵懵懂懂过日子的人是最幸福的。他们也跟小孩儿一样拖着自己的布娃娃四处跑,把它们的衣服脱掉又穿上,穿上又脱掉,不然就乖乖儿围着妈妈藏甜点心的抽屉转来转去;终于如愿以偿了,便满嘴满腮地大嚼起来,一边嚷嚷着:还要!还要——这才是幸福的人啰。还有一种人,他们给自己的无聊勾当以至欲念想出种种漂亮称呼,美其名曰为人类造福的伟大事业;他们也是幸福的。愿上帝赐福给这样的人吧!可是,谁要虚怀若谷,正视这一切将会有怎样的结果;谁要能看见每一个殷实市民如何循规蹈矩,善于将自己的小小花园变成天国,而不幸者也甘负重荷,继续气喘吁吁地行进在人生的道路上,并且人人同样渴望多见一分钟阳光——是的,谁能认识到和看到这些,他也会心安理得,自己为自己创造一个世界,并且为生而为人感到幸福。这样,他尽管处处受着限制,内心却永远怀着甜滋滋的自由感觉;因为只要他愿意,他随时可以离开这座监狱。

五月二十六日

你一向了解我的居住习惯,只要有个安静角落,便可建所小屋住下来,其他条件概不讲究。在此地我也发现了这么个对我有吸引力的所在。

它离城约一小时路程,地名叫瓦尔海姆[①],坐落在一个山岗旁,地势颇为有趣。沿岗子上的小路往村里走,整个山谷尽收眼底。房东是位上了年纪的妇人,殷勤豁达,她斟出葡萄酒、啤酒和咖啡来请我喝。但最令我满意的,是两株大菩提树,只见它们挺立在教堂前的小坝子上,枝叶扶疏,绿荫映罩,四周围着农家的住屋、仓房和场院。如此幽静、如此宜人的所在,实不易得,我便常常把房里的小桌儿和椅子搬到坝子上,在那儿饮我的

[①] 读者不必劳神去查考书里这些地名;编者出于无奈,已将原信中的真实地名改掉了。(原作注)

咖啡，读我的荷马。头一次，在一个风和日暖的午后，我信步来到菩提树下，发现这地方异常幽静。其时人们全下地了，只有一个约莫四岁的小男孩，盘腿席地坐在坝子上，怀中还搂着个半岁光景的幼儿；他用自己的双腿和胸部，给自己的弟弟做成了一把安乐椅。他静悄悄地坐着，一对黑眼睛却活泼泼地瞅来瞅去。我让眼前的情景迷住了，便坐在对面的一张犁头上，兴致勃勃地画起这小哥儿俩来。我把他们身后的篱笆、仓门及几个破车轱辘也画上了，全都依照本来的顺序；一小时后，我便完成了一幅布局完美、构图有趣的素描，其中没有掺进我本人一丁点儿的东西。这个发现增强了我今后皈依自然的决心。只有自然，才是无穷丰富；只有自然，才能造就大艺术家。对于成法定则，人们尽可以讲许多好话，正如对于市民社会，也可以致这样那样的颂词一般。诚然，一个按成法定则培养的画家，绝不至于绘出拙劣乏味的作品，就像一个奉法惟谨的小康市民，绝不至于成为一个讨厌的邻居或者大恶棍；但是，另一方面，所有的清规戒律，不管你怎么讲，统统都会破坏我们对自然的真实感受、真实表现！你会讲："这太过分啦！规则仅仅起着节制与剔除枝蔓这样一些作用罢了！"——好朋友，我给你打个比方好吗？比如谈恋爱。一个小伙儿倾心于一个姑娘，整天都厮守在她身边，耗尽了全部精力和财产，只为时时刻刻向她表示他对她是一片至诚。谁知却出来个庸人，出来个小官僚什么的，对他讲："我说小伙子呀！恋爱嘛是人之常情，不过你也必须跟常人似的爱得有个分寸。喏，把你的时间分配分配，一部分用于工作，休息的时候才去陪爱人。好好计算一下你的财产吧,除去生活必需的,剩下来我不反对你拿去买件礼物送她,不过也别太经常,在她过生日或命名日时送就够了。"——他要听了这忠告,便又多了一位有为青年,我本人都乐于向任何一位侯爵举荐他,让他充任侯爵的僚属;可是他的爱情呢,也就完啦,倘使他是个艺术家,他的艺术也完啦。朋友们啊!你们不是奇怪天才的巨流为什么难得激涨汹涌、奔腾澎湃,掀起使你们惊心动魄的狂涛么?——亲爱的朋友,那是因为在这巨流的两岸,住着一些四平八稳的老爷,他们担心自己的亭园、花畦、苗圃会被洪水冲毁,为了防患于未然,已及时地筑好堤、挖好沟了。

五月二十七日

我看我讲得高兴,只顾打比方、发议论,竟忘了把那两个孩子后来的情况告诉你。我在犁头上坐了将近两小时,完全沉醉在作画里;关于当时的心情,昨天我已零零碎碎向你谈了一些。傍晚,一位青年女子手腕挎着个小篮子,向着一直坐在坝子上没动的小孩子走过来,老远就嚷着:"菲利普斯,真乖啊!"——她向我问好,我说了谢谢,随后站起来,走过去,问她是不是孩子的妈妈。她回答"是",一边给大孩子半个白面包,一边抱起小孩子,满怀母爱地亲吻着。——"我把小弟弟交给我的菲利普斯带,"她说,"自己跟老大一块儿进城买面包、糖和熬粥的砂锅去了。"——在她那掀开了盖子的提篮中,我看见了这些东西。——

"我打算晚上给咱们的汉斯(这是最小的那个孩子的名字)熬点粥。我那老大是个淘气鬼,昨儿个跟菲利普斯争粥脚子吃,把锅给砸啦。"——我问她老大现在何处,她回答在草地上放鹅;然而话音未落,他已一蹦一跳地跑来,给他大弟弟带来了一根榛树鞭子。我继续和妇人闲聊,得知她是一位教员的闺女,丈夫为着承继一位堂兄的遗产,出门上瑞士去了。——"人家想骗他,"她说,"连信都不给他回,所以只好亲自跑一趟。他一点消息也没有,但愿别出什么事才好呵。"——和妇人分别时,我心情颇沉重,便给了小孩儿们一人一枚银毫子,此外再给了他们的妈妈一枚,请她下次进城时买个白面包回来,拿给最小的孩子和粥一块儿吃。随后便分了手。

告诉你,好朋友,每当我心烦意乱的时候,只要看见这样一个心平气和的人,我便可安定下来。这种人乐天知命,过一天是一天,看见树叶落时,只会想"冬天快到啦",除此就别无思虑。

从那次以后,我常常出去。小孩子们都和我混熟了,在我喝咖啡时得到糖吃,傍晚与我一块儿分享黄油面包和酸牛奶。每逢礼拜天,我总给他们银毫子,即使做完弥撒我没回家,我也请房东太太代为分发给他们。

他们都信赖我,什么话都对我讲。每逢村里有更多小孩聚到我这儿来,玩得高兴,有什么愿望都径直表露的时候,我更是快活得什么似的。

孩子的母亲总担心"他们会打搅少爷";我费了老大的劲,才打消了她的疑虑。

五月三十日

不久前我对你讲的关于作画的想法，显然也适用于写诗；诗人要做的只是发现美好的事物，并大胆地表达出来。此话说来诚然简单，含义却很深长。今天我见了一个场面，只要照实写下来，便可成为世间最美的一首田园诗。然而诗也罢，场面也罢，田园牧歌也罢，统统有什么意义呢？难道我们亲身经历了自然现象还不够，还非得来一个依样画葫芦不可么？

听了这段开场白，要是你指望后面会有什么高见宏论，那你又上当了。使我这么大发感慨的，仅仅是一个青年农民罢了。我跟往常一样，会讲得不好；而你也跟往常一样，我想，会认为我夸大其词。还是在瓦尔海姆，总是在瓦尔海姆；在这个地方，稀罕事可算层出不穷哩。

有一伙人聚在坝子里的菩提树下喝咖啡。我不太喜欢他们，便找个借口坐到了一边。

这当儿，从旁边的农舍中走出来个青年，在那里修理我曾经画过的那张犁。他的模样给我的印象不错，我于是和他拉话，打听起他的境况来。不多时，我俩已经熟了，而且按我与这类人打交道的习惯，立刻便无话不谈。他告诉我，他在一位寡妇家里当长工，主人家待他非常好。提起他的女东家，他就滔滔不绝、满口称赞。我马上看出，他对她已倾倒得五体投地。她已不很年轻，他说，由于受过丈夫的虐待，不准备再嫁人了。从他的言语间,我明显感觉出,她在他眼里是那样地美,那样地动人,他非常非常希望她能选中他,使他有机会帮她抹去她前夫所留下的遗恨。要对你描述出这个人的倾慕、痴情和忠心,必须逐字逐句重复他的话。对,还必须具有最伟大诗人的才分,才能绘声绘色地描述出他那神态表情,他那悦耳的嗓音,他那火热的目光。不!没有任何语言能够表现出他的整个内心与外表所蕴藏的柔情;经我重述,一切都会变得淡而无味了。特别令人感动的是,他那样担心我会对他和她的关系产生想法,怀疑她的行为端正。当他讲到她的容貌,讲到她那虽已不再具有青春的诱惑力,却强烈吸引着他的身段时,他的神情更是感人,我唯有在自己心灵深处去体会,去重温。如此纯洁的爱恋,如此纯洁的渴慕,我在一生中从未见过,是的,也许可以讲,连想也不曾想过,梦也不曾梦过。请别骂我,要是我告诉你,当我回忆起这个真挚无邪的恋人来时,我自己心中也热血沸腾,眼前便随时出现一个忠贞妩媚的倩影,仿佛我也跟着燃烧起来,害起了如饥似渴的相思。

我现在渴望尽快见到她;或者不,仔细考虑之下,我想避免和她见面。通过她情人的青眼去看她,岂不更好?她要真来到我面前,也许就不再如我眼下想象的样子,我又何必破坏这美的形象呢?

六月十六日

我干吗久不给你写信?——你提这个问题,想必也变成一位老学究了吧！你应该猜想到，我过得很好，好得简直……干脆告诉你吧，我认识了一个人，她使我无心他顾了。我已经……叫我怎么说好呢？

要把认识这个最可爱的人儿的经过有条不紊地告诉你，在我将是困难的。我快乐而又幸福，因此不能成为一位好小说家。

一位天使！——得！谁都这么称呼自己的心上人，不是吗？可我无法告诉你她有多么完美，为什么完美；一句话，她完全俘虏了我的心。

那么聪敏，却那么单纯；那么坚毅，却那么善良；那么勤谨，却那么娴静……

我讲的全是些废话，空空洞洞，俗不可耐，丝毫没反映出她的本来面目。等下次……不，不等下次，我现在就立刻对你讲她。我现在要不讲，就永远别想讲了。要知道，我坦白告诉你，在开始写这封信以后，我已经三次差点儿扔下笔，让人给马装上鞍子，骑着跑出去了。不过我今天早上已起过誓不出去，只是仍时不时地跑到窗前，看太阳还有多高，是不是……

我到底没能克制住自己，我非去她那儿不可啊。这会儿我又坐下来，一边吃黄油面包当夜宵，一边给你，威廉，继续写信。当我看见她在那一群活泼的孩子中间，在她的八个弟妹中间，我的心是何等欣喜啊！

倘使我继续这么往下写，到头来你仍然会摸不着头脑的。听着，我要强迫自己详详细细地把一切告诉你。

不久前我说过，我认识了总管 S 先生，他曾邀请我尽快去他的隐居所，或者说他的小王国做客。我呢，却把这件事拖了下来；要不是一个偶然的机会让我发现了那密藏在幽谷中的珍宝，我没准儿永远也不会去。

此间的年轻人在乡下举办一次舞会，我也欣然前往参加。事前，我答应了本地一位心地善良、长相也俊、除此便不怎么样的姑娘的邀请，并已商定由我雇一辆马车，带着我这舞伴和她表姐一起出城去聚会地点，顺道儿还接一接 S 家的夏绿蒂。

"您将认识一位漂亮小姐呐。"当我们的马车穿过砍伐过的森林向猎庄驶去的时候，我的舞伴开了口。

"不过您得当心，"她的表姐却说，"可别迷上了她呀！"

"为什么？"我问。

"她已经许了人，"我的舞伴回答，"一个挺不错的小伙子，眼下不在家，他的父亲去世了，他去料理后事，顺便谋个体面的职务。"

这个消息在我听来是无所谓的。

我们到达猎庄大门前的时候，太阳还有一刻钟光景便要下山了。其时天气闷热，姑娘们都表示担心，说那四周天边的灰白色云朵要是酿出一场暴雨来，那可就煞风景了。我摆出一副精通气象学的架势来安慰她们，其实自己心中也开始预想到，我们的舞会将要扫兴的。

我下了马车，一名女仆赶到大门口来请我们稍等一会儿，说小姐她马上就来。我穿过院子，走向那建筑得很讲究的住屋。就在我上了台阶、跨进门去的当儿，一幕我见所未见的最动人的情景，映入了我的眼帘。在前厅里有六个孩子，从十一岁到两岁，大的大，小的小，全都围着一个模样娟秀、身材适中、穿着雅致白裙、袖口和胸前系着粉红色蝴蝶结儿的年轻女子。她手里拿着一个黑面包，按周围弟妹的不同年龄与胃口，依次切给他们大小不等的一块；她在把面包递给每一个孩子时都那么慈爱，小家伙们也自自然然地说一声：谢谢！不等面包切下来，全都高擎着小手在那儿等。而眼下，又一起津津有味地吃起来，一边按照各自不同的性格，有的飞跑到大门边，有的慢吞吞地踱过去，好看一看客人们，看一看他们的绿蒂姐姐将要乘着出门去的那辆马车。

"请原谅，"她说，"劳您驾跑进来，并让姑娘们久等。我刚才换衣服和料理不在家时要做的一些事情，结果忘了给孩子们吃晚餐。他们可是除我以外谁切的面包也不肯吃啊。"

我略微客套了两句；我的整个心灵都让她的形象、她的声音、她的举止给占据了。直到她跑进里屋去取手套和扇子，我才从惊喜中回过神儿来。小家伙们都远远地站在一旁瞅着我；我这时便朝年龄最小、模样儿也最俊的一个走过去，可他却想退开。

"路易斯，跟这位哥哥握手。"这当儿绿蒂正好走进门来，说道。

小男孩于是大大方方把手伸给我，我忍不住热烈地吻了他，虽然他那小鼻头儿上挂着鼻涕。

"哥哥？"我问，同时把手伸给她，"您真认为，我有配作您亲眷这个福分么？"

"噢，"她嫣然一笑，说，"我们的表兄弟多着哩。要是您是其中顶讨厌的一个，那我就遗憾啦。"

临走，她又嘱咐她的大妹妹索菲——一个约莫十一岁的小姑娘，好好照看弟妹，并在爸爸骑马出去散心回来时向他问安。她还叮咛小家伙们要听索菲姐姐的话，把索菲当作就是她一般。几个孩子满口答应；可有个满头金发、六岁光景的小机灵鬼却嚷起来："她不是你，绿蒂姐姐，我们更喜欢你嘛。"

这期间，最大的两个男孩已经爬到马车上；经我代为求情，她才答应他俩一块儿乘坐到林子边，条件是保证不打不闹，手一定扶牢。

我们刚一坐稳，姑娘们便寒暄开了，并品评起彼此的穿着，特别是帽子来，还对即将举行的舞会，做了一番挑剔。正讲在兴头上，绿蒂已招呼停车，让她的两个弟弟下去。小哥儿俩却要求再亲亲她的手。大的那个可能有十五岁，在吻姐姐的手时彬彬有礼；小的则毛毛躁躁，漫不经心。绿蒂让他俩再次问候小弟妹们，随后我们的车子又继续前进。

表姐问，绿蒂有没有把新近寄给她的那本书读完。

"没有，"绿蒂说，"这本书我不喜欢，您可以拿回去了。上次那本也不见得好看多少。"

我问是怎样的书，她回答了我，令我大吃一惊……[①] 我从她的所有谈吐中都发现她是那样有个性；每听她讲一句，我都从她

[①] 为了不给谁发怨言的机会，编者被迫删去了一段；尽管从根本上讲，任何作家都不会在乎这个姑娘和那个青年对他是如何评论的。（原作注）

的脸庞上发现新的魅力,新的精神光辉。渐渐地,这张脸庞似乎更加愉快和舒展了,因为她感觉到,我是理解她的。

"当我年纪还小的时候,"她说,"我什么也不爱读,就爱读小说。礼拜天总躲在一个角落里,整个心分担着燕妮[①]姑娘的喜怒哀乐。上帝知道我当时有多幸福呵。我不否认,这类书对我仍有某些吸引力。可是,既然眼下我很少有工夫再读书,那我读的书就必须十分对我的口味。我最喜欢的作家必须让我能找到我的世界,他书里写的仿佛就是我本人,使我感到那么有趣,那么亲切,恰似在我自己家里的生活,它虽然还不像天堂那么美好,整个看来却已是一种不可言喻的幸福的源泉。"

听了这番议论,我好不容易才隐藏住自己的激动。这局面自然没有维持多久,因为一听她顺便提到了《威克菲特的乡村牧师》[②]以及……[③]竟谈得那样有真知灼见,我便忘乎所以,把自己知道的和盘托出,讲啊讲啊,直到绿蒂转过头去和另外两位姑娘搭讪,我才发现她俩瞪大了眼睛,在那儿坐冷板凳。表姐还不止一次地对我做出嗤之以鼻的样子,我也全不介意。

话题转到了跳舞的乐趣上。

[①] 燕妮姑娘是一部当时流行的感伤主义小说的女主人公。

[②] 《威克菲特的乡村牧师》(The Vicar of Wakefield, 1768)是英国著名作家哥尔斯密(Oliver Goldsmith, 1728—1774)的一部小说,歌颂朴实自然的田园生活,在当时的德国很受欢迎。

[③] 此处也删去了几位本国作家的名字。因为谁能得到绿蒂的赞赏,他一读这段话心中便自有所感,而局外人则谁也无需知道。(原作注)

"就算这种爱好是个缺点吧，"绿蒂说，"我也乐于向你们承认，我不知道有什么比跳舞更好的了。有时候我心头不痛快，可只要在我那架破钢琴上弹支英国乡村舞曲，便一切都忘了。"

谈话间，我尽情地欣赏她那黑色的明眸；我整个的魂魄，都让她那活泼伶俐的小嘴与鲜艳爽朗的脸庞给摄走了！她隽永的谈吐完全迷醉了我，对于她用些什么词我也就顾不上听了！——你该想象得出当时的情形，因为你了解我。简单讲，当马车平稳地停在聚会的别墅前，我走下车来已经像个梦游者似的神魂颠倒，周围朦胧中的世界对我已不复存在，就连从上面灯火辉煌的大厅中迎面飘来的阵阵乐声，我也充耳不闻。

两位先生，奥德兰和某某，——谁记得清这许多名字啊！——一位是表姐的舞伴，一位是绿蒂的舞伴，赶到车边来迎接我们，各人挽住了自己的女友。我也领着我的舞伴，朝上面大厅走去。

大伙儿成双成对地旋转着，跳起了法国牟涅舞；我依次和姑娘们跳，最讨厌的偏偏最不肯放你走。后来，绿蒂和她的舞友跳起了英国乡村舞；在轮到她来和我们交叉的一刹那，你想想我心里是如何美滋滋的哟。看她跳舞真叫大饱眼福！你瞧，她跳得那么专心，那么忘我，整个身体和谐之极。她无忧无虑地跳着，无拘无束地跳着，仿佛跳舞就是一切，除此便无所思，无所感似的；此刻，其他任何事物都在她眼前消失了。

我请她跳第二轮英国乡村舞；她答应第三轮陪我跳，同时以世间最可爱的坦率态度对我说，她最爱跳德国华尔兹舞了。

"本地时兴跳华尔兹舞时原配伴当继续一起跳，"她说，"只是我的 chapeau（法语：舞伴）华尔兹跳得太糟，巴不得我免除他这个义务。您的小姐跳得也不好，又不喜欢跳；我从您刚才跳英国舞看出，您的华尔兹准不错。要是您乐意陪我跳的话，那您就去请我的舞伴同意，我也找您的小姐说说。"

我一听便握住她的手。这样，我们便谈妥了，在跳华尔兹舞时，由她的男舞伴陪着我的女舞友闲谈。

喏，开始！我俩用各种方式挽着手臂，以此开心了好一会儿。瞧她跳得有多妩媚，多轻盈啊！华尔兹舞开始了，一双双舞伴转起圈儿来跟流星一般快，其实真正会的人很少，一开头场上便有点乱糟糟的。我们很机灵，先让那班笨蛋们蹦够了，退了场，才跳到中间去，和另外一对儿也就是奥德兰他们在一起，大显起身手来。我从没跳得如此轻快过，简直飘飘欲仙。手臂搂着个无比可爱的人儿，带着她轻风似的飞旋，周围的一切都没有了，消失了……威廉哟，凭良心说，我敢起誓，我宁可粉身碎骨，也绝不肯让这个我爱的姑娘，我渴望占有的姑娘，在和我跳过以后还去和任何人跳呵。你理解我么！

我们在大厅中漫步了几圈，为了喘口气。随后她坐下来，很高兴地吃着我特意摆在一边、如今已所剩不多的几个橘子。这橘子可算帮了大忙。只是当她每递一片给她邻座的姑娘，这姑娘也老大不客气地接过去吃起来时，我的心都像被刀刺了一下似的疼痛。

在跳第三轮英国乡村舞时，我们是第二对。我俩跳着从队列中间穿过，上帝知道我是多么快活。我勾着她的胳膊，眼睛盯住她那洋溢着无比坦诚、无比纯洁的欢愉的盈盈秋波；不知不觉间，我们跳到了一位夫人面前。她年纪虽已不轻，然而风韵犹存，因而引起过我的注意。只见她笑吟吟地瞅着绿蒂，举起一个手指头来像要发出警告似的，并在我们擦过她身旁时意味深长地念了两次阿尔伯特这个名字。

"谁是阿尔伯特？"我对绿蒂说，"我想冒昧问一下。"

她正待回答，我们却不得不分开，以便做8字交叉。可是，在我和她擦身而过的瞬间，我恍惚看见她额头上泛起了疑云。

"我有什么不能告诉您呢？"她一边伸过手来让我牵着徐徐往前走，一边说，"阿尔伯特是个好人，我与他可以说已经订婚了。"

本来这对我并非新闻，姑娘们在路上已告诉过我了，可是经过刚才的一会儿工夫，她对我变得已如此珍贵，此刻再联系着她来想这事，我就感到非同小可了。总而言之，我心烦意乱，忘乎所以，竟窜进了别的对儿中，把整个队列搅得七零八落，害得绿蒂费尽心力，又拉又拽，才迅速恢复了秩序。

舞会还没完，天边已经电光闪闪，隆隆的雷声盖过了音乐声。闪电是我们早看见了的，可我一直解释说，只不过天要转凉罢了。这当儿三个姑娘逃出了队列，她们的舞伴尾随其后，秩序便顿时大乱，伴奏也只好停止了。不消说，人在纵情欢乐之际突遭不测与惊吓，那印象是比平时来得更加强烈的；因为，一方面，两相对照，使人感觉更加鲜明，另一方面和更主要的，我们的感官本已处于亢奋状态，接受起印象来也更快。这就难怪好些姑娘一下子都吓得脸变了色。她们中最聪明的一个坐到屋角里，背冲窗户，手捂耳朵。另一个跪在她跟前，脑袋埋在她怀中。第三个挤进她俩中间，搂着自己的女友，泪流满面。有几个要求回家；另一些则更加不知所措，连驾驭我们那些年轻趋奉者的心力都没有了，只知道战战兢兢地祈祷上帝，结果小伙子们便放肆起来，全忙着用嘴去美丽的受难者唇边代替上帝接受祷告。有几位先生偷闲到下边抽烟去了；其余的男女却都赞成聪明的女主人的提议，进到了一间有百叶窗和窗幔的屋子里。刚一进门，绿蒂便忙着把椅子排成一个圆圈。大伙儿应她的请求坐定了，她便开始讲解做一种游戏的要领。

我瞅见有几个小伙子已经尖起嘴唇，手舞足蹈，盼望着去领胜利者的厚赏了。

"喏，咱们玩数数游戏，"绿蒂说，"注意！我在圈子里从右向左走，同时你们挨个儿报数，每人要念出轮到他的那个数字，而且要念得飞快，谁如果结巴或念错了，就吃一记耳光，这么一直念到一千。"

这一来才叫好看喽！只见绿蒂伸出胳膊，在圈子里走动起来。头一个人开始数一，旁边一个数二，再下一个数三，依次类推。随后绿蒂越走越快，越走越快。这当儿有谁数错了，"啪"——一记耳光；旁边的人忍俊不禁，"啪！"——又是一记耳光。速度更其快了。我本人也挨了两下子；使我打心眼儿里满意的是，我相信我挨的这两下子比她给其他人的还要重些。可不等数完一千，大伙儿已笑成一堆，再也玩不下去了。这时暴风雨业已过去，好朋友们便三三两两走到一边，我便跟着绿蒂回到大厅。半道儿上她对我说：

"他们吃了耳光，倒把打雷下雨什么的一股脑儿忘记啦！"

我无言以对。

"我也是胆儿最小的一个，"她接着说，"可我鼓起勇气来给别人壮胆，自己也就有胆量了。"

我们踱到一扇窗前。远方传来滚滚雷声，春雨唰唰地抽打在泥地上，空气中有一股扑鼻的芳香升腾起来，沁人心脾。她胳膊肘支在窗台上伫立着，目光凝视远方，一会儿仰望苍空，一会儿又瞅瞅我；我见她眼里噙着泪花，把手放在了我的手上。

"克洛卜施托克呵！"她叹道。

我顿时想到了此刻萦绕在她脑际的那首壮丽颂歌①，感情也因之澎湃汹涌起来。她仅仅用一个词儿，便打开了我感情的闸门。我忍不住把头俯在她手上，喜泪纵横地吻着。随后我又仰望她的眼睛。——高贵的诗人呵！你要是能看到你在这目光中变得有多神圣，就太好了；从今以后，我再不愿从那班常常亵渎你的人口里，听见你的名字。

六月十九日

前一次讲到哪儿，我已不记得了；我只知道，我上床睡觉时已是午夜两点。要是我能当面和你聊聊，而不是写信，我没准儿会让你一直坐到天亮的。

舞会归来途中发生的情况，我还没有讲，今天也仍然不是讲

---

① 克洛卜施托克（Friedrich Gottlieb Klopstock, 1724—1803），歌德之前最杰出的德国抒情诗人。"壮丽颂歌"指他的《春祭颂歌》(Die Frühlingsfeier, 1759)。

的时候。

那正是旭日东升、壮丽无比的时刻。周围的树林挂满露珠儿,田野一片青翠!我们的两位女伴打起盹儿来。绿蒂问我是否也想像她俩似的迷糊一下,还说我不用操心她。

"多会儿我看见这双眼睛睁着,"我目不转睛地望着她道,"多会儿我就不会困倦。"

这样,我俩便坚持到了她家的大门口。女仆轻轻地为她开了门,回答她的询问说,父亲和孩子们都好,眼下还全在睡觉。临别,我求她允许我当天再去看她,她也同意;过后我果然去了。自此,日月星辰尽可以安安静静地升起又落下,我却再也分不清白天和黑夜,周围的整个世界全给抛到了脑后。

六月二十一日

我过着极其幸福的日子,上帝能留给他那些圣徒们过的日子想来也不过如此吧。不管我将来会怎样,反正我不能再说,我没有享受过欢乐,没有享受过最纯净的生之乐趣。你是了解我的,威廉;我在这儿已完全定居下来,此处离绿蒂家只有半小时路程,在这儿我才充分感觉到自身的存在及作为一个人所能享有的全部幸福。

过去我也曾一次次地到瓦尔海姆散步,但何尝想到它竟然离天国这么近!我在长距离漫游的途中,有时从山顶上,有时从河对岸的平野里,不是已无数次眺望过如今珍藏着我全部希望的猎庄么!

亲爱的威廉,对于人们心中那种想要自我扩张,想要发现新鲜事物,想要四处走走、见见世面的欲望,我曾经考虑得很多很多;后来,对于他们的逆来顺受、循规蹈矩,对周围任何事情都漠不关心的本能,我又做了种种思索。

真美啊,我能来到这儿的小丘上,眺望那道美丽的峡谷,那周围的景物竟是如此吸引着我。那儿有一片小小的树林!——你要能到林荫中去该有多好!那儿有一座高高的山峰!——你要能从峰顶俯瞰辽阔的原野该有多好!那儿有连绵的丘陵,幽静的沟壑!——你要能徜徉其中、流连忘返该有多好!

我匆匆赶去,去而复返,却不曾找到我所希望的东西。呵,对远方的希冀犹如对未来的憧憬!它像一个巨大的、朦胧的整体,静静地呈现在我们的灵魂面前,我们的感觉却和我们的视觉一样,在它里边也变得迷茫模糊了;但我们仍然渴望着,唉!渴望着献出自己的整个生命,渴望着让那唯一的伟大而奇妙的感情来充溢自己的心。可是,当我们真的赶上去,当那儿成了这儿,当未来的一切仍一如既往,唉!我们就发现自己仍然平庸,仍然浅陋;我们的灵魂仍然焦渴难当,切盼着吸吮那已经流走了的甘霖。

这样,浪迹天涯的游子最终又会思恋故土,并在自己的茅屋内,在妻子的怀抱里,在儿女们的簇拥下,在为维持生计的忙碌操劳中,找到他在广大的世界上不曾寻得的欢乐。

清晨,我随日出而出,去到我的瓦尔海姆,在那儿的菜园中采摘豌豆荚,采够了就稳坐在地上撕去荚儿上的筋,边撕边读我的荷马。回到厨下,我又挑选一只锅子,切下一块黄油,把黄油和豆荚一块儿倒进锅中,把锅炖在炉子上,盖好盖儿,自己坐在一旁,时不时地把锅里的豆荚搅两下——这当儿,珀涅罗珀[①]那些高傲的求婚者们屠牛宰猪、剔骨烹肉的情景,便栩栩如生地让我体验到了。感谢上帝,古代宗法社会的特殊生活习俗竟如此自然地与我的生活交融在一起,这比什么都更使我心中充满了宁帖与踏实的感觉。

我真快活哟,我的心竟还能感受到一个人将自己种的蔬菜端上饭桌时那种纯真的欢乐;此刻摆在你面前的,可不仅仅是这么棵卷心菜啊,那栽插秧苗的美丽清晨,那洒水浇灌的可爱黄昏,所有那些为它的不断生长而满怀欣喜的好时光,统统都在一瞬间让你再次享受到了。

六月二十九日

前天,本地的大夫从城里来到总管家,正碰上我和绿蒂的弟妹们一起蹲在地上玩儿。他们有的在我身上爬来爬去,有的和我逗乐打趣,我便搔起他们的痒痒来,乐得小家伙们大笑大嚷。大夫是个木头人似的老古板,一边说话一边不住地整理袖口上的绉边,把里面的一个丝卷儿拨来拨去。我从他先生般的

---

① 珀涅罗珀是荷马史诗《奥德赛》中主人公奥德修斯的妻子,她美丽聪明,以计谋战胜了无耻的追求者,一直等到丈夫归来。

鼻子上看出来，他显然认为像我这样是有失一个聪明人的尊严的。我装作没有看见，任随他去大发他那十分"明智"的议论，自己却继续帮孩子们搭被他们打垮了的纸牌房子。事后，他回到城里去四处诉说："总管的孩子们本来就够没教养的，这一来更让维特给全毁喽。"

是的，威廉，在这个世界上离我的心最近的是孩子们。每当我从旁观察他们，从细小的事情中发现他们有朝一日所需要的种种品德与才能的萌芽，从他们今日的固执任性中看出将来的坚毅与刚强，从今日的顽皮放肆中看出将来的幽默乐观及轻松愉快地应付人世危难的本领，每当我发现这一切还丝毫未经败坏、完整无损，我便一次一次地，反反复复地，吟味人类的导师[①]这句金言："可叹呀，你们要是不能变成小孩子的样子！"然而他们，好朋友，这些我们的同类，这些本应被我们视为楷模的人，我们对待他们却像奴隶，竟不允许他们有自己的意志！我们难道没有自己的意志吗？我们凭什么该享受这个特权呢？因为我年长一些，懂事一些！你天国中的仁慈上帝呵，你可是把人类仅仅分成年长的孩子和年幼的孩子的；至于你更喜欢哪一类孩子，你的圣子可已早有宣示呀。然而人们尽管信奉他，却并不听他话——这也是个老问题！——因而都在照着自己的模样教育自己的孩子……

再见，威廉！我不想再就这个问题空谈下去。

[①] 指耶稣。事见《新约·马太福音》第十八章：耶稣对门徒们说："我实在告诉你们，你们若不回转，变成小孩子的样子，断不得进天国。"

七月一日

一个病人多么需要绿蒂,我自己这颗可怜的心已经深有所感;它比起一个呻吟病榻者来,情况还更糟糕些。绿蒂要进城几天,去陪一位生病的夫人;据医生讲,这位贤惠的夫人离死已经不远,临终时刻,她渴望绿蒂能待在自己身边。

上个礼拜,我曾陪绿蒂去圣××看一位牧师;那是个小地方,要往山里走一个小时,我们到达的时候已快下午四点了。绿蒂带着她的妹妹。我们踏进院中长着两株高大胡桃树的牧师住宅,这当儿善良的老人正坐在房门口的一条长凳上,一见绿蒂便抖擞起精神,吃力地站起身,准备迎上前来,连他那树节疤手杖也忘记使了。绿蒂赶忙跑过去,按他坐到凳子上,自己也挨着老人坐下,一次又一次地转达父亲对他的问候,还把他那老来得的宝贝幺儿——一个肮脏淘气的小男孩抱在怀中。她如此地迁就老人,把自己的嗓门提得高高的,好让他那半聋的耳朵能听明白她的话。她告诉他,有些年纪轻轻、身强力壮的人不知怎么一下子就死了;她称赞老人明年去卡尔斯巴德的决定,说洗温泉浴对身体大有好处;她声称,他比她上次见着时气色好得多,精神健旺得多——如此等等。威廉,你当时要是在场才好呢。这期间,我也有礼貌地问候了牧师太太。老爷子真是兴致勃勃,我只忍不住夸赞了他那两株枝叶扶疏、浓荫宜人的胡桃树几句,他便打开了话匣子,尽管口齿不灵,却滔滔不绝地讲述起这树的历史来。

"那株老树是谁种的,"他说,"我们已不知道了;一些人讲这个牧师,另一些人讲那个牧师。可靠后边这株年轻点的树,它和我老伴一般大,今年十月就满五十喽。她父亲早上栽好树苗儿,傍晚她就下了地。他是我的前任,这株树对他真有说不出的珍贵,而对我也一点儿不差。二十七年前,当时我还是个穷大学生,第一次踏进这座院子就看见我妻子坐在树荫下的栅木上,手中干着编织活计……"

绿蒂问起他的女儿,他说女儿和施密特先生一起到草地上看工人们干活儿去了。说完,他又继续讲起自己的故事来:他的前任及其闺女如何相中了他,他如何先当老牧师的副手,后来又继承了他的职位。故事不久就讲完了,这当儿牧师的女儿正和那位施密特先生穿过花园走来。姑娘亲亲热热地对绿蒂表示欢迎;我必须说,她给我的印象不坏,是个体格健美、生气勃勃的褐发女郎,和她一起住在乡下大概会很快乐的。她的爱人呢(须知施密特先生是立刻就这样自我介绍的),是个文雅而沉默寡言的人,尽管绿蒂一再跟他搭腔,他却不肯参加我们的谈话。最令我扫兴的是,我从他表情中隐隐看出,他之不肯轻易开口,与其说是由于智力不足,倒不如说是由于性情执拗和乖僻。后来这点是再清楚不过的了。当散步中弗里德莉克和绿蒂偶尔也和我走在一起的时候,这位老兄那本来就黝黑的面孔更明显地阴沉下来,使绿蒂不得不扯扯我的衣袖,暗示我别对弗里德莉克太殷勤。我平生最讨厌的莫过于人与人之间相互折磨了,尤其是生命力旺盛的青年。他们本该坦坦荡荡、乐乐呵呵,实际上却常常板起面孔,把仅有的几天好时光也给糟蹋掉,等到日后醒悟过来,却已追悔莫及。我心头不痛快,因此傍晚我们走进牧师住的院子,坐在一张桌旁喝牛奶,当话题转到人世间的欢乐与痛苦上来的当儿,我便忍不住抢过话头,激烈地批评起某些人的乖僻来。

"我们人呵,"我开口道,"常常抱怨好日子如此少,坏日子如此多;依我想来,这种抱怨多半都没有道理。只要我们总是心胸开阔,享受上帝每天赏赐给我们的欢乐,那么,我们也会有足够的力量承担一旦到来的痛苦。"

"不过我们也无力完全控制自己的感情呀,"牧师太太说,"肉体的影响太大了,一个人要是身体不舒服,他到哪儿也感到不对劲儿的!"

我承认她讲得对,但继续说:"那我们就把性情乖僻也看成一种疾病,是不是有办法治它呢?"

"这话不假,"绿蒂说,"我至少相信,我们自己的态度是很重要的。我有切身的体会:每当什么事使我厌烦,使我生气,我便跑出去,在花园里来回走走,哼几遍乡村舞曲,这一来烦恼就全没了。"

"这正是我想讲的,"我接过话头道,"乖僻就跟惰性一样,要知道它本来就是一种惰性呵。我们生来都是有此惰性的,可是,只要我们能有一次鼓起勇气克服了它,接下去便会顺顺当当,并在活动中获得真正的愉快。"

弗里德莉克听得入了神,年轻人却反驳我说,人无法掌握自己,更甭提控制自己的感情。

"此地说的是令人不快的感情,"我回敬他,"这种感情可是人人乐于摆脱的哩;何况在不曾尝试之前,谁也不知道自己的力量有多大。可不是吗,谁生了病都会四处求医,再多的禁忌,再苦的汤药,他都不会拒绝,为的是得到所希望的健康。"我发现诚实的老人也竖起耳朵,努力在听我们谈话,便提高嗓门,转过脸去冲着他接着往下讲。"教士们在布道时谴责过那么多种罪过,"我说,"我却从来不曾听到有谁从布道坛上谴责过坏脾气①。"

"这事得由城里的牧师去做,"老人说,"乡下人没有坏脾气。当然,偶尔在这儿讲讲也无妨,至少对村长先生和他夫人是有好处的。"

在场的人全笑了,他自己也笑得咳嗽起来,使谈话中断了好一阵。后来,是年轻人又开了口。

"您称乖僻是罪过,我想这未免太过分吧。"

"一点不过分,"我回答,"既然害己又损人,它就该称作罪过。难道我们不能使彼此幸福还不够,还必须相互夺去各人心中偶尔产生的一点点快乐么?请您告诉我有哪一个人,他性子很坏,同时却有本领藏而不露,仅仅自苦而不破坏周围人们的快乐呢!或者您能够说,这坏脾气不正表现了我们对自己的卑微的懊

---

① 关于这个题目,我们听拉瓦特尔②神父做过一次出色的布道,他顺便还谈到了《约拿书》。③(原作注)

② 拉瓦特尔(Johann Kaspar Lavater, 1741—1801),瑞士神学家和哲学家,歌德的好友。原作注指的是他题名为《克服不满和乖僻之方法》的布道文。

③ 《约拿书》是基督教《圣经·旧约》的一卷。

丧，表现了我们自己对自己的不满，而且其中还掺杂着某种由愚蠢的虚荣刺激起来的嫉妒么？要知道看见一些幸福的人而这些人的幸福又不仰赖于我们，是够难受的呵。"

见我们争得这么激动，绿蒂冲我微微一笑；可弗莉德里克眼里却噙着泪水，使我讲得更来劲儿了：

"有种人利用自己对另一颗心的控制力，去破坏人家心里自行产生的单纯的快乐，这种人真可恨。要知道世间的所有礼物，所有的甜言蜜语，也补偿不了我们顷刻间失去的快乐，补偿不了被我们的暴君的嫉妒所破坏了的快乐哟。"

说到此，我的心一下子整个充满了感慨，往事一桩桩掠过脑际，热泪涌进眼眶，不禁高呼起来：

"我们应该每天对自己讲：你只能对朋友做一件事，即让他们获得快乐，使他们更加幸福，并同他们一起分享这幸福。当他们的灵魂受着忧愁的折磨，为苦闷所扰乱的时候，你能给他们以点滴的慰藉么？

"临了儿，一当最可怕的疾病向那个被你葬送了的青春年华的姑娘袭来，她奄奄一息地躺在床上，目光茫然地仰望天空，冷汗一颗颗地渗出额头。这时候，你就会像个受诅咒的罪人似的站在她床前，无能为力，一筹莫展，心中感到深深的恐惧与内疚，恨不得献出自己的一切，以便给这个垂死的生命一点点力量，一星星勇气。"

说着说着，我亲身经历过的这样一个情景便猛然闯进我的记忆。我掏出手帕来捂住眼睛，离开了众人，直到绿蒂来唤我说："咱们走吧！"我才恍如大梦初醒。归途中，她责怪我对什么事都太爱动感情,说照此下去我会毁了的,要我自己珍惜自己!——天使呵,为了你的缘故,我必须活下去!

七月六日

绿蒂仍然待在自己病危的女友身边,始终如一地服侍着她,又细心又温柔,单单让她看上一眼,病人就会减少痛苦,变得幸福。昨天傍晚,她领着玛莉安娜和玛尔馨出外散步,我听说后赶去追上了她。在一块儿溜达了一个半小时,我们才转身往城里走,到了那眼对我十分珍贵的井泉边。如今,它对我又增加了一千倍的价值。绿蒂在井垣上坐了下来,我们站在她跟前。我环顾四周,啊,我的心十分孤寂的那段时间的景象,重又活现在我眼前。"亲爱的井泉呀,"我说,"我好久没来你这儿乘凉啦,有时匆匆走过你身旁,竟连看都不曾看你一眼!"我往台阶下望去,却见玛尔馨小心翼翼地端着一杯泉水爬上来。我凝视着绿蒂,心中感觉到了她对于我的全部价值。这当儿玛尔馨端着水走近了,玛莉安娜伸出手去想接。

"不,不!"小姑娘模样儿甜甜地嚷道,"绿蒂姐姐,你得先喝!"

她说得如此天真、可爱,令我大为激动,以致一时不知如何表达自己的感情,竟从地上抱起小姑娘来狠劲儿亲了几下,她马上就又哭又闹起来。

"瞧您闯祸啰。"绿蒂说。

我不知所措。

"过来,玛尔馨,"她拉住小妹妹的手,领她走下台阶,继续说,"快,快!快用清凉的泉水洗一洗。这样就不要紧啦。"

我站在一旁,看着小姑娘急急忙忙捧起水来擦洗自己的脸蛋儿。她一副深信不疑的神气,以为真的只有用这神奇的泉水一洗,脸上才不会长出丢人而丑陋的胡须[①]。尽管绿蒂说洗够了,小姑娘仍一个劲儿洗呀洗呀,仿佛多洗总比少洗好一些。——告诉你,威廉,我还从来不曾怀着更深的虔敬参加过一次洗礼哩。绿蒂上来以后,我真恨不得扑到她的脚边,就像跪在某个用神力襄解了一个民族的孽债的先知跟前一样。

晚上,我心里太高兴了,便忍不住把这件事讲给一位我认为还算通人情的男子听,因为他人挺聪明的;谁料却碰了一鼻子灰!他道,绿蒂的做法很欠妥,对小孩子可不能弄什么玄虚;这样一搞会滋长种种错觉和迷信,而孩子必须从小就不能受坏影响才是。听了他的话我才想起,此人是一个礼拜前才受的洗礼,因此不以为怪,只是在心中仍坚信这个真理:我们对待孩子,也该像上帝对待我们一样,当上帝让我们沉醉在愉快的幻觉中的时候,他就是给了我们最大的幸福。

七月八日

我真是个孩子呵!我竟如此地看重她那青眼的一瞥!我真正

[①] 当时西方有一种迷信,认为处女被青年男子吻了,嘴上便会长出胡须。

是个孩子!

我们去瓦尔海姆郊游。姑娘们是乘车去的。后来在一块儿散步时,我总觉得在绿蒂乌黑的眸子中带着些……我是个傻瓜,原谅我吧!你真应该瞧瞧它们,瞧瞧她这双眼睛!——我想写简单点,我困得眼皮都快合拢了。喏,姑娘们上了车,而我们——青年 W. 塞尔斯塔特及奥德兰和我,却围着马车站在那里。这当口,她们便从车帘中探出头来,跟送别的人闲聊,小伙子们自然一个个都是够快活的。我极力捕捉绿蒂的目光;唉,它们却望望这个,又瞅瞅那个!看着我呀!看着我呀!看着我呀!我把整个身心全贯注于你们,你们干吗还逃避我哟!——我的心对她道了千百次再见,可她连瞅也不瞅我!马车开过去了,我眼中噙着泪水。我目送着她,在车门旁看见了她的帽子,呵,她转过头来了!是在看我么?

好朋友啊,我的心至今仍七上八下,怀着这个疑问。唯一的安慰是,她回过头来也许是看我吧!也许!……

晚安!呵,我真是个孩子!

七月十日

每当在聚会中听见人家谈起她,我便会变得傻痴痴的,那模样你要能看见就好了!特别是有谁问我"喜不喜欢她"的时候!——"喜欢"!这个词儿简直让我恨得要死。一个人要不是全部知觉、全部感情都充满对她的倾慕,而仅仅是喜欢她,这还成个什么人呢？哼，"喜欢"！最近又有人问我"喜不喜欢莪相"①！

七月十一日

M夫人已危在旦夕。我为她的生命祈祷；因为绿蒂心里难过，我也同样难过。我很少到M夫人处去看绿蒂；今天她却给我讲了一桩很奇特的事情：

M这个老头子是个刮皮到了家的吝啬鬼，一辈子把自己的老婆折磨和克扣得够呛，可她偏偏有办法对付过来。几天前，医生断定她活不了多久，她便让人找来她的丈夫（绿蒂也在房里），对他讲："我必须向你交待一件事；不然，我死以后，家里会出乱子和麻烦的。我操持家务直到今天，凡事都尽量做到井井有条，能节省就节省。可是，你要原谅我，我这三十年一直在欺骗你。我们刚结婚时，你规定了一个小小的数目，作为伙食和其他家用。但到后来，家大业大，花销多了，你却死也不肯相应增加每周的开支。简单讲，你自己也明白，在那些花费最大的时期，你却要求我每周只支用七个古尔盾。我接过这点钱来也总没吭声，不足部分就只好去柜上拿，因为谁想得到，身为太太竟会做小偷呢。我丝毫不曾浪费，就算不向你承认这些，也尽可以心安

---

① 莪相（Ossian），相传为爱尔兰盖尔古歌者。1762年至1763年间，苏格兰诗人麦克菲生（James Mecpherson, 1736—1796）发表了两组假称是"莪相的歌"的英译，一时风行于世。歌德一度也被迷惑，并译过"莪相的歌"。

理得地闭上眼睛；可是在我之后来管这个家的那个女人，她却没办法对付呵。而你到时候却会一口咬定，你的前妻都是这么撑过来的。"

我和绿蒂谈起这事，均认为人心的虚妄真是到了难以置信的程度：明明看见花销大了一倍，却偏偏只给七个古尔盾而心安理得，全不想到这后面必定另有隐情。此外，我自己还认识一些人，他们会把先知的宝油瓶毫不惊奇地接回家去供起来。①

七月十三日

不，我不是自己欺骗自己！我在她那乌黑的眼睛里，的的确确看到了对我和我的命运的同情。是的，这是我心中的感觉；然而，在这一点上，我可以相信我的心不会错……我感觉：她……呵，我可以，我能够用这句话来表达自己的无上幸福么？——这句话就是：她爱我！

她爱我！——而我对于自己也变得多么可贵了呵，我是多么——这话我可以告诉你，因为你能够理解它——多么崇拜自己了呵，自从她爱我！

也不知是自己想入非非，还是对情况的正确感觉？那个使我为自己在绿蒂心中的地位担心的人，我不了解。可是，尽管如此，每

---

① 事见《旧约·列王记（上）》第十七章：先知以利亚求一寡妇用油为他煎饼，他和她家人一连吃了许多天，瓶里的油却一点不减。

当她谈起自己的未婚夫来，谈得那么温柔，那么亲切，我心中就颓唐得如一个丧失了所有荣誉与尊严的人，连手中自卫的宝剑也被夺去了。

七月十六日

每当我的指尖儿无意间触着她的手指，每当我俩的脚在桌子底下相互碰着，呵，我的血液立刻加快了流动！我避之唯恐不及，就像碰着了火似的。可是，一种神秘的力量又在吸引我过去……我真是心醉神迷了！

可她是那么天真无邪，心怀坦荡，全感觉不到这些亲密的小动作带给了我多少的痛苦！尤其当她在谈心时把自己的手抚在我的手上，谈高兴了更把头靠近我，使我的嘴唇感觉到了从她口里送来的天香，此刻，我真像是让闪电给击中了，身子直往下沉，脚下也轻飘飘地完全失去了依托！威廉啊，要是我啥时候能冒险登一登天堂，大胆地去……你理解我指什么。不，我的心还没有这么坏！它只是软弱，很软弱罢了！而软弱还并非坏吧？

她是圣洁的。一切欲念在她面前都会沉默无言。每当我和她在一起的时候，我都不知道自己的心境如何，仿佛所有的神经和官能都错乱颠倒了。——她喜欢一支曲子，常常在钢琴上弹奏它，弹得如天使一般动人，单纯、富于情感！这是她心爱的曲子，每次只要她弹出第一个音符，我的一切痛苦、烦恼和古怪念头便烟消云散。

这支单纯的曲子令我大为感动，任何关于音乐的古老魅力的说法，在我听来都不再不可信了。而且，每每在我恨不得用子弹射穿自己脑袋的时候，她都弹起这支曲子来，我心中的迷茫黑暗顿时消散，呼吸重新又自如了。

七月十八日

威廉，你想想这世界要是没有爱情，它在我们心中还会有什么意义！这就如一盏没有亮光的走马灯①！可是一当放进亮光去，白壁上便会映出五彩缤纷的图像，尽管只是些稍纵即逝的影子；但只要我们能像孩子似的为这种奇妙的现象所迷醉，它也足以造就咱们的幸福呵。今天我不能去看绿蒂，有一个免不掉的聚会拖住了我。怎么办？我派了我的用人去，仅仅为了自己身边有一个今天接近过她的人。我急不可耐地等着用人回来，一见到他就有说不出的高兴！要是不害臊，真恨不得捧住他的脑袋亲一亲！人们常讲电光石的故事，说它放在太阳地里便会吸收阳光，到了夜间仍旧亮华华的。这小伙子对于我也就如电光石。我感到她的目光曾在他脸上、面颊上、上衣纽扣及外套的绦领上停留过，这一切因此对我也变得十分神圣、十分珍贵了！此刻，就是给一千银塔勒，我都不肯把这小伙子让给谁的。有他在跟前，我心里舒畅。——上帝保佑，你可别笑我啊。威廉，难道令我心中舒畅的东西，还会是幻影么？

---

① Zauberlaterne，原本指的是一种原始的幻灯。

七月十九日

"我将要见到她啦!"清晨我醒来,望着东升的旭日,兴高采烈地喊道,"我将要见到她啦!"除此我别无希求;一切的一切,全融汇在这个期待中了。

七月二十日

你劝我跟公使到×地去的想法,我还不打算同意。我不大喜欢听人差遣,加之此公又是位众所周知的讨厌的人。你信上说,我母亲希望看见我有所作为。这使我感到好笑。难道我眼下不也是在做事么?归根结底,不管我是摘豌豆还是摘扁豆,不也一样么?世界上的一切事情,说穿了全都无聊。一个人要是没有热情,没有需要,仅仅为了他人的缘故去逐利追名,苦苦折腾,这个人便是傻瓜。

七月二十四日

你那么担心,生怕我把画画给荒疏了,我本想压根儿不提此事,免得告诉你说,近来我很少画画。

我从来还不曾如此幸福过;我对自然的感受,哪怕小到一块石头、一根青草,也从来还不曾这么充实,这么亲切过。可是——我不知如何表达自己的意思才好——我的想象力却这么微弱，一切在我心里都游移不定、摇摇晃晃，我简直抓不住任何轮廓。不过我仍自信，我要是手头有黏土或者蜡泥，我也会塑造出点什么来的。要是黏土保存得更久，我就取黏土来捏，即便捏出些饼子也好。

绿蒂的肖像我已画过三次，三次都出了丑。这事令我极为懊恼，尤其因为我前些时候一直很成功。后来我就画了一张她的剪影像聊以自慰。

七月二十五日

好的，亲爱的绿蒂，我将一切照办，一切办妥；你只管多多给我任务吧，常常给我任务吧！可有一件，我求求你，以后千万别再往你写给我的字条上撒沙子[①]。今天我一接着它就送到嘴上去吻，结果弄得牙齿里全嘎吱嘎吱的。

七月二十六日

我已经下过几次决心，不要经常去看她。是啊，可谁又能做得到呢！日复一日，我都屈服于诱惑，同时又对自己许下神圣的诺言：明天说什么也不去啦。

---

① 往信上撒沙子是为了使墨迹快一些干。

可明天一到，我总又找得出一条无法辩驳的理由，眼一眨又到了她身边。这理由要么是她昨晚讲过："你明天还来，对吗？"——而谁又能不来呢！要么是她托我办件事，我觉得理应亲自去给她回个话；要么是天气实在太好，我到瓦尔海姆去了，而一到瓦尔海姆，离她不就只有半小时的路程了吗！——周围的气氛，使我感觉她近在咫尺，于是一抬腿便到了她跟前！记得我祖母曾讲过一个磁石山的故事，说的是海上有一座磁石山，船行太近了，所有铁器如钉子什么的便会一下子被吸出来，飞到山上去；倒霉的船夫也就从分崩离析的船板中掉下去，惨遭没顶。

七月三十日

阿尔伯特已经回来了，而我就要走了。尽管他是一位十分善良、十分高尚的人，尽管我在任何方面都准备对他甘拜下风，可眼睁睁看着他占有那么多完美的珍宝，我仍然受不了！——占有！——一句话，威廉，未婚夫回来啦！倒是个令你不能不产生好感的能干而和蔼的男子。幸好接他那会儿我在，不然我的心会被撕碎了的！阿尔伯特也真够正派，当着我的面从来没有吻过绿蒂。上帝奖励他吧！为了他对姑娘的尊重，我不能不爱他。他对我也很友善，我猜想这更多是出于绿蒂的调弄，出于他本心的则少一些。要晓得女士们都精于此道，而且也自有她们的道理；只要她们有本事使两个崇拜者和睦相处，那么好处总归是她们的，尽管要做到这点绝非容易。

话虽如此，我仍不能不对阿尔伯特怀着敬重。他那冷静的外表，与我不安的个性形成鲜明的对照，而这不安我怎么也掩饰不了。他感觉敏锐，深知绿蒂多么可爱。看起来他没有什么坏脾气，而你知道，我是最恨人身上的脾气不好这种罪恶的。

他认为我是个有头脑的人；我对绿蒂的倾慕，对她一言一行的赞美，都只增加了他的得意，使他反倒更加爱她。他是否偶尔也对她发发醋劲儿，我暂且不问；至少我要是他，就难保完全不受嫉妒这个魔鬼的诱惑。

不管怎么讲吧，我在绿蒂身边的快乐反正是吹啦！我不知该叫这是愚蠢呢，还是头脑发昏？——名称又有何用，事实就是事实！——现在我知道的一切，在阿尔伯特回来之前我就知道了。我知道，我没权要求绿蒂什么，也不曾要求什么。这就是说，尽管她那么迷人，我也竭力使自己不产生欲望。可而今另一个人真的到来夺走了姑娘，我却傻了眼。

我咬紧牙关，两倍三倍地更加鄙视某些可能说我应该自行退出的人；他们会讲，别无他法了嘛。——让这些废物见鬼去吧！——我成天在林子里乱跑一气。每当去到绿蒂那儿，发现阿尔伯特和她一起坐在园子里的凉亭中，我就脚下生了根，模样变得傻不愣愣，说起话来语无伦次。

"看在上帝分上，"绿蒂今天对我说，"我求你行行好，别再像昨儿傍晚似的做戏行不行！您那副可笑的样子真要命。"

坦白说，我一瞅见阿尔伯特不在，忽地一下就跑了去。一当发现只有她一个人，我的心啊，总是乐滋滋的。

八月八日

　　我请你原谅，亲爱的威廉！我把那些要求我们服从不可抗拒的命运的人骂作废物，的的确确并非指你。我实在没有想到，你也会有类似想法。当然，从根本上讲，你是对的。不过，好朋友，世上的事情很少能要么干脆这样，要么干脆那样。人的感情和行为千差万别，正如在鹰钩鼻子与塌鼻子之间，还可能有各式各样别的鼻子。

　　你别见怪：我承认你的整个论点，却又企图从"要么这样，要么那样"这个空子中间钻过去。

　　你说什么，"要么你有希望得到绿蒂，要么根本没有。好啦，如果是第一种情况，你就努力实现它，努力满足自己的愿望；否则，你就振作起来，摆脱那该死的感情，要不然它一定会把你的全部精力都吞噬掉"。——好朋友，说得动听！说得容易！

　　可是，对于一个受着慢性病摧残而一步一步地走向死亡的人，难道你能要求他拿起刀来，一下子结束自己的痛苦么？病魔在耗尽他精力的同时，不也摧毁了他自我解脱的勇气么？

　　当然，你满可以用下面这个贴切的比喻来反驳我：谁不宁愿牺牲自己的一条胳膊，而是迟疑犹豫，甘冒丢掉生命的危险呢？

　　叫我怎么说好呢？——还是让我们别用这些比喻来伤彼此的脑筋吧。够了。

　　是的，威廉，我间或也在一瞬间有过振作起来、摆脱一切的勇气,然而……要是我知道往哪儿去的话,我早就走了!

傍晚

我的日记本好些时候以来给丢在一边,今天又让我无意间翻了开来。我很诧异,我竟是这样睁着眼睛一步一步地陷进了眼前的尴尬境地!我对自己的处境一直看得清清楚楚,可行动却像个小孩子似的;现在也仍然看得十分清楚,但就是没有丝毫悔改之意。

八月十日

我若不是个傻瓜,本可以过最幸福、最美满的生活。像我目前所处的这样一个令人心旷神怡的环境,是很不容易凑齐的。是啊,常言道:人之幸福,全在于心之幸福。我是这个和睦家庭中的一员,老人爱我如儿子,孩子们爱我如父亲,而且还有绿蒂!就说诚恳的阿尔伯特吧,他也不以任何乖僻来破坏我的幸福,而是以其亲切友善来拥抱我;对于他说来,除去绿蒂我就是世界上最亲爱的人了。威廉,你听听我俩散步时是怎样谈绿蒂的吧,这会叫你愉快的。在世间,恐怕找不出比我们这种关系更可笑的了;然而我却常常被它感动得热泪盈眶。

阿尔伯特曾对我讲绿蒂可敬的母亲,讲她临终前如何把自己的家和孩子们托付给了绿蒂,如何又叮嘱他对绿蒂加以关照;讲到自那以后,绿蒂如何完全变成了另一个人,兢兢业业执掌家务,对孩子们爱护备至,无时无刻不在为他们操劳,俨然是一位母亲；但尽管如此，又从来不改活泼愉快的天性。我和阿尔伯特并肩走着，不时地弯下腰去采摘路旁的鲜花，用它们精心扎成一个花环，然后我把花环抛进了从面前流过的溪水里，目送着它缓缓向下游漂去……

我记不清有没有告诉你，阿尔伯特将留下来，在此间的侯爵府中获得一个待遇优厚的差事；侯爵府上的人很器重他。像他这样办事精细勤谨的人，我见得不多。

八月十二日

的确，阿尔伯特是天底下最好的人。昨天，在我和他之间发生过一桩不寻常的事。我去向他告别，因为我突然心血来潮，想骑马到山里去；眼下我便是从山里给你写信的。我在他房中来回踱着，目光偶然落在了他的手枪上。

"把手枪借给我旅途中用用吧。"我说。

"好的，"他回答，"要是你不怕麻烦，肯自己装装弹药的话。它们挂在那儿只是 *pro forma*[①] 罢了。"

我从墙上摘下一支枪，他这时继续说道："我自从粗心大意出过一回岔子，就不愿再和这玩意儿打交道了。"

我颇好奇，急于想知道是怎么回事，他就又讲：

"大约三个月以前，我住在乡下一位朋友家里，房中有几支

---

① 拉丁文：形式上；做做样子。

小手枪,尽管没装弹药,晚上我也睡得安安稳稳的。在一个下雨的午后,我坐着没事干,不知怎么竟想到我们可能遭到坏人袭击,可能需要用手枪,可能……这样的事你是知道的。我于是把枪交给一名下人,叫他去擦拭和装药。这小子却把枪拿去和使女们闹着玩儿,吓唬她们,却不知扳机怎么一弄就滑了,而通条又还在枪膛里,结果一下子飞出来,射中了一名使女的右手,把她的大拇指戳得稀烂。这一来我不仅挨抱怨,而且还得付医药费,从此我所有的枪都不再装弹药了。好朋友,小心谨慎又有什么用?危险并非全都可以预料啊!虽然……"

你知道,我喜欢这个人,除去他的"虽然"。不错,任何常理都容许有例外。可是他太四平八稳!一当觉得自己言辞过激、有失中庸或不够精确,他就会一个劲儿地对你进行修正、限定、补充和删除,弄得到头来什么意思也不剩。眼下阿尔伯特正是越讲话越长,临了儿我根本没有再听他讲些什么,而是产生了一些怪念头,动作夸张地举起手枪来,用枪口对准自己右眼上方的太阳穴。

"呸!"阿尔伯特叫起来,夺下我手中的枪,"你这是干吗呀?"

"没装药哩。"我回答。

"就算没装药也不该胡闹!"他不耐烦地说,"我真不能想象,一个人怎么会愚蠢到去自杀;单单这样想都令我反感。"

"你们这些人呵!"我提高嗓门道,"你们一谈什么都非得立刻讲:这是愚蠢的!这是明智的!这是好的!这是坏的!——这一切又意味着什么呢？为此你们弄清了一个行为的内情吗？探究过它何以发生，以及为什么必然发生的种种原因了吗？你们要这样做过，就不会匆匆忙忙地下断语了。"

"可你得承认，"阿尔伯特说，"某些行为无论如何都是罪过，不管它出于什么动机。"

我耸了耸肩，承认他有道理。

"可是，亲爱的，"我又说，"这儿也有一些例外。不错，偷盗是一种罪行；然而，一个人为使自己和自己的亲人不致眼睁睁饿死而偷盗，这个人是值得同情还是该受惩罚呢？一位丈夫出于义愤，杀死了不贞的妻子和卑鄙的奸夫，谁还会第一个捡起石头来砸他[1]呢？还有那个在幽会的欢乐中一时控制不住自己而失身的姑娘，谁又会谴责她呢？我们的法学家都是些冷血的老古板；可就连他们也会被感动，因而不给予惩罚的。"

"这完全是另一码事，"阿尔伯特反驳说，"因为一个受热情驱使而失去思考力的人，人家只当他是醉汉，是疯子罢了。"

"嗨，你们这些明智的人啊！"我微笑着叫道，"热情！迷醉！疯狂！你们如此冷眼旁观，无动于衷，你们真是些好样的道学先生！你们嘲骂酒徒，厌恶疯子，像那个祭司[2]一般从他们身边走过，像那个法利赛人[3]似的感谢上帝，感谢他不曾把你们造

---

[1] 古代中东有以石头投掷淫妇的习俗。此处意即谴责。
[2] 祭司指见死不救的假善人，典出《新约·路加福音》第十章。
[3] 法利赛人指伪君子，典出《新约·路加福音》第十八章。

成一名酒徒、一个疯子。可我呢,我却不止一次迷醉过,我的热情从来都是离疯狂不远的;但这两点都不使我后悔,因为我凭自己的经验认识到:一切杰出的人,一切能完成伟大的、看似不可能的事业的人,他们从来总是给世人骂成酒鬼和疯子的。

"甚至在日常生活中也一样,只要谁的言行自由一些,清高一些,超乎一般人的想象,你就会听见人家在他背后叫:'这家伙喝多了!这家伙是个傻瓜!'——真叫人受不了。真可耻,你们这些清醒的人!真可耻,你们这些智者!"

"瞧你又胡思乱想了,"阿尔伯特说,"你这人总是爱偏激,这回竟把我们谈的自杀扯到伟大事业上去,至少肯定是错了;因为自杀怎么也只能被看作软弱的表现。与坚定地忍受充满痛苦的人生相比,死显然轻松得多。"

我已经打算中止谈话;要知道我讲的都是肺腑之言,他却用陈词滥调来进行反驳,真令我再生气不过。可是,这种话我听得多,气生得更多,所以仍能控制自己,兴致勃勃地反问他道:

"你称自杀为软弱?可我请你别让表面现象迷惑了啊。一个在暴君残酷压迫下呻吟的民族,他们终于奋起挣断枷锁,能说是软弱么?一个人面临自己的家被大火吞没的危险,鼓起劲来扛走他在冷静时根本搬不动的重物;一个人在受辱后的狂怒中竟和六个人交起手来并且战胜了对方,这样的人能称为软弱么?还有,好朋友,既然奋发可以成为刚强,干吗亢奋就是它的反面呢?"

阿尔伯特凝视着我,说:"你别见怪,你举的这些个例子,在我看来根本文不对题。"

"可能是吧,"我说,"人家也曾常常责备我,说我的联想和推理方式近乎古怪。好,那就让我们看能不能以另一种方式,想象一个决定卸下人生的担子的人——这个担子在通常情况下应该是愉快的——他的心情会怎样。要知道只有我们有了同样的感受,我们才具备资格谈一件事情。"

"人生来都有其局限,"我继续说,"他们能经受乐、苦、痛到一定的限度;一过这个限度,他们就完啦。这儿的问题不是刚强或者软弱,而是他们能否忍受痛苦超过一定的限度。尽管可能有精神上的痛苦和肉体上的痛苦之别,但是,正如我们不应该称一个患寒热病死去的人为胆小鬼一样,也很难称自杀者是懦夫。"

"荒唐,十分荒唐!"阿尔伯特嚷起来。

"才不像你想的那么荒唐呢,"我回答"你也该承认,当一种疾病严重损害我们的健康,使我们的精力一部分消耗掉了,一部分失去了作用,没有任何奇迹能再使我们恢复健康,重新进入日常生活的轨道,这样的疾病便被我们称为'死症'。"

"一位清醒的明智的人可能对这个不幸者的处境一目了然,可能去劝他,但这是白费力气。这正如一个站在病榻前的健康人丝毫不能把自己的生命力输送进病人的体内一样。"

阿尔伯特觉得这种说法仍太空泛。我便让他想想前不久从水塘中捞起来那个淹死了的少女,又对他讲了一遍她的故事。

"一个可爱的姑娘,生长在家庭的狭小圈子里,一礼拜接一礼拜地做着同样的家务,唯一的乐趣就是礼拜天用渐渐凑齐的一套好衣服穿戴打扮起来,和女伴一块儿出城去溜达溜达,逢年过节也许还跳跳舞，要不就再和某个邻居聊聊闲天，诸如谁跟谁为什么吵架啦，谁为什么又讲谁的坏话啦，如此等等，常常谈得专注而热烈，一谈就是几个钟头。可是后来，她火热的天性终于感到了一些更深刻的需要，而一经男子们来献殷勤，这些需要便更加热烈。从前的乐事已渐渐使她兴味索然；临了儿，她到底碰着一个人，某种从未经历过的感情不可抗拒地把她吸引到了此人身边，使她将自己的全部希望都寄托在他身上，以致忘记自己周围的一切，除了他，除了这唯一一个人，她什么也听不见，什么也看不见，什么也感觉不到，她所思所想的就只有他，只有这唯一一个人。她不为朝三暮四地卖弄风情的虚假欢乐所迷惑，一心一意追求着自己的目标，执意要成为他的，在与他永结同心之中求得自己所缺少的幸福，享受自己所向往的全部欢乐。反复的许诺使她深信所有希望一定会实现，大胆的爱抚和亲吻增加了本已充满她心中的欲望。她模模糊糊地意识到了全部的欢乐，预感到了全部的欢乐，身子于是飘飘然起来，心情紧张到了极点。终于，她伸出双臂去准备拥抱自己所渴望的一切。——可她的爱人抛弃了她！她四肢麻木、神志迷乱，站立在深渊边上；她周围是一片漆黑，没有了希望，没有了安慰，没有了预感！要知道，他抛弃了她，那个唯一使她感觉到自己的存在意义的人抛弃了她。她看不见眼前的广大世界，看不见那许许多多可以弥补她这个损失的人；她感到自己在世上孤孤单单、无依无靠。被内心的可怕痛苦逼得走投无路了，她唯有闭起眼来往下一跳，以便在死神的怀抱里让所有的痛苦窒息。你瞧，阿尔伯特，这就是不少人的遭遇！难道能说，这不也是一种疾病么？在这混乱的、相互矛盾的力的迷津中，大自然也找不到出路，人就唯有一死。

"罪过啊，那种冷眼旁观，并且称她为傻瓜的人！这种人可能讲什么：她应该等一等，让时间来治好她的创伤，日子一久绝望定会消失，定会有另一个男人来给她以安慰。可是，这不正像是说：'傻瓜，竟死于寒热病！他应该等一等，一当力量恢复，液体改善①，血液循环平稳下来，一切都好了，他就能活到今天！'"

阿尔伯特还是不觉得这个例子有说服力，又提出几点异议，其中一点是：我讲的只是个单纯的女孩子；可要是一个人眼光不这么狭隘，而是见多识广、头脑清楚，那他就不理解这个人怎么还能原谅。

"我的朋友，"我嚷起来，"人毕竟是人呵！一当他激情澎湃，受到了人类的局限的压迫，他所可能有的一点点理智便很难起作用，或者说根本不起作用。况且……以后再谈吧。"我说着，一边就抓起了自己的帽子。唉，我当时的心里真是充满了感慨！我和阿尔伯特分了手，但谁也没能理解谁。在这个世界上，人与人真是难以相互理解啊。

八月十五日

显然，在世界上，只有爱才能使一个人变得不可缺少。我从

---

① 在近代医学发达以前，欧洲人认为生病的原因是身体中的液体变坏了。

绿蒂的情况感觉出,她非常不愿失去我;孩子们心中更是只有一个想法,就是我明天一定还会去。今天我去为绿蒂的钢琴校音,但老动不了手,因为小家伙们一个劲儿缠着我,要我给他们讲故事,而绿蒂自己也说,我应该满足他们的愿望。晚餐时,我给他们切面包,他们都高高兴兴地接过去吃起来,就像从绿蒂手中接过去的一样。然后,我给他们讲了那个得到一双神奇之手帮助的公主的故事,这是他们最爱听的。在讲的过程中,请你相信,我学到了许多东西。我感到惊讶,这个故事竟给他们留下了如此深刻的印象。因为每当我把一个细节忘记了,不得不自行编凑时,他们立刻就嚷起来:上次讲的可不是这样呵!弄得我现在只好反复练习,直至能一字不差地用唱歌的调子进行背诵。从这件事我得到一个教训:一位作家把书中的情节修改再版,即使艺术上出色得多了,都必然会给作品带来损害。我们总乐于接受第一个印象;人生来如此,即使最荒诞离奇的事,你都能叫他信以为真,并且一下子便记得牢牢的;而谁想去挖掉这个记忆,抹去这个记忆,谁就会自讨苦吃!

八月十八日

能使人幸福的东西,同时又可以变成他痛苦的根源,难道就非得如此么?

对于生机勃勃的自然界,我心中曾有过强烈而炽热的感受,是它,曾使我欢欣雀跃,把我周围的世界变成了一个天国;可而今，它却残忍地折磨着我，成了一个四处追逐我的暴虐的鬼魅。想当初，我曾从高崖上眺望河对岸那些丘陵间丰饶的山谷，眼前的一切都生意盎然、欣欣向荣。我曾看见群山从山脚到峰顶都长满高大茂密的树木，迂回曲折的峡谷都覆盖着可爱的绿荫，河水从发出絮语的芦苇间缓缓流去，轻柔的晚风吹动着天空中冉冉飘过的白云，白云在河里投下倒影；接着，群鸟在林间发出晚噪，亿万只小昆虫在火红的夕晖中纵情舞蹈，落日的最后一瞥解放了草丛里的蟋蟀，它们唱起了歌；我周围的嗡嗡嘤嘤声使我低下头去看着地上，注意到了从坚硬的岩石里摄取养料的苔藓和由干燥的沙丘上蔓生垂挂下来的藤萝，它们向我揭示了大自然内在的、炽烈而神圣的生命之谜。这一切的一切，我全包容在自己温暖的心里，感到自己像变成了神似的充实，辽阔无边的世界的种种美姿也活跃在我的心灵中，赋予一切以生机。环抱着我的是巍峨的群山，我脚边躺着道道幽谷，一挂挂瀑布飞泻而下，一条条小溪流水潺潺，树林和深山里百鸟声喧——这种种秘不可知的力量，我目睹它们在大地的怀抱中相互作用、相互影响；除此而外，在地球上、天空下，还一代一代繁衍着形形色色的生命。一切一切应有尽有、千姿百态，最后还有人，他们为求安全而聚居在小小的房子里，却自以为能主宰这大千世界！可怜的傻瓜，你把一切都看得如此渺小，因为你自己就很渺小！——从高不可攀的群山，越过人迹未至的莽原，到世所不知的大洋的尽头，到处都有造物主的精神在空中流动，并为每一丁点能感知他的微末的生命而高兴。——唉，那时我是多么经常地渴望着，渴望借助从我头顶掠过的仙鹤的翅膀，飞向茫茫海洋的岸边，从那泡沫翻腾的无穷尽的酒杯中，啜饮令人心醉神迷的生之欢愉，竭尽自己胸中有限的力量，感受一下那位在自己体内和通过自己创造出天地万汇的伟大存在的幸福，哪怕仅仅在一瞬间！

朋友，单单回忆起过去的这些时光，我心中便很快乐；甚至想重新唤起和说出这些无法言说的感情的努力，便净化了我的灵魂；但是，接下来，也使我倍加感到自己目前处境的可怕。

仿佛有一面帷幕在我面前拉开了，广大的世界变成了一座张着大口的墓穴。你能说"这存在着"吗！唉，一切都在消失，一切都像闪电般一晃而逝，要么被洪流卷走、沉没，要么在礁石上撞得粉碎，很难真正耗尽各自的生命力。没有一个瞬间，不是在吞噬着你和你周围的亲人的生命；没有一个瞬间，你不是一个破坏者，不得不是一个破坏者：一次看似无害的散步，将夺走千百个可怜的小虫子的生命；一投足，就会毁坏蚂蚁们辛辛苦苦营建起来的巢穴，把一个小小的世界踏成一片坟墓。嗨！使我痛苦的，不是世界上那些巨大但不常有的灾难，不是冲毁你们村庄的洪水，不是吞没你们城市的地震；戕害我心灵的，是大自然内部潜藏着的破坏力，这种力量所造就的一切，无不在损害着与它相邻的事物，无不在损害着自身。想到此，我忧心如焚。环绕着我的是天和地及它们创造生命的力量；但在我眼中，却只有一个在永远不停地吞噬和反刍的庞然大物而已。

八月二十一日

清晨，我从睡梦中醒来，伸出双臂去拥抱她，结果抱了一个空。夜里，我做了一场梦，梦见我与她肩靠肩坐在草地上，手握着手，千百次地亲吻；可这幸福而无邪的梦却欺骗了我，我在床上找她不着。唉，我在半醒半睡的迷糊状态中伸出手去四处摸索，摸着摸着终于完全清醒了，两股热泪就从紧迫的心中迸出，我面对着黑暗的未来，绝望地痛哭。

八月二十二日

多不幸啊，威廉，我浑身充满活力，却偏偏无所事事，闲得心烦，既不能什么都不干，又什么都不能干。我不再有想象力，不再有对自然界的敏感，书籍也令我生厌。一旦我们失去了自主，便失去了一切。我向你发誓，我有时甚至希望当个短工，以便清晨一觉醒来，对未来的一天有个目标，有个追求，有个希望。我常常羡慕阿尔伯特，看见他成天埋头在公文堆中，心里就想，要是我能像他那样该多好啊！有几次我已动了念头，想给你和部长写信，请他把公使馆的差事留给我。如你所说，他是不会拒绝我的，我也这么相信。部长多年来就喜欢我，总是劝我找个事情做做；有一阵子我也认真准备这么办。可是事后再一考虑，我便想起了那则马的寓言，说的是它自由自在得不耐烦了，便请人给它装好鞍子,套上缰绳让人骑,结果累得半死。这一想,我又不知如何是好了。好朋友,我这要求改变现状的热望,莫不就是到处追逼着我的内心的烦躁不安吧?

八月二十八日

真的,如果我的病还有希望治好的话,那就唯有他们来医治。今天是我的生日,一大早我便收到了阿尔伯特差人送来的一个包裹。打开包裹,一个粉红色的蝴蝶结儿立刻跃入我眼帘。这是我初见绿蒂时她曾佩戴在胸前,以后我又多次请求她送给我的那个蝴蝶结呵!此外,包里还有两本六十四开的小书,威特施坦袖珍版的《荷马选集》,也是我久已想买的本子,以免在散步时老驮着埃尔涅斯特版的大部头。瞧,他们总是不等我开口就满足了我的愿望,总是想方设法向我做出友谊的表示。对我来说,这些小小的礼品比那种灿烂夺目的礼物贵重一千倍,因为后者只表明赠予者的矜夸,却贬低了受赠者的人格。我无数次吻着那个蝴蝶结,每吸一口气,都吸到了对那为数不多的、一去不复返的日子用来充溢我身心的幸福的回忆。威廉啊,生活就是这样;而我也不抱怨,生命之花只是过眼烟云而已!多少花朵凋零了,连一点痕迹也不曾留下!能结果的何其少,果实能成熟的就更少了!不过,尽管如此,世间仍存在足够的果实;难道,我的兄长,难道我们能轻视这些已成熟的果实,对它不闻不问,不去享受它们,任它们白白腐烂掉么?

再见！此地的夏季很美，我常常坐在绿蒂家园子里的果树上，手执摘果用的长杆，从树梢上钩梨子。她站在树下，摘掉我钩给她的果实。

八月三十日

不幸的人呵！你可不是傻子吗？你可不是自我欺骗吗？这无休止的热烈渴慕又有何益？除了对她，我不再向任何人祷告；除了她的倩影，再没有任何形象出现在我的脑海里；我周围世界的一切，在我眼里全都与她有着关系。这样的错觉也曾使我幸福了一些时候，可到头来仍不得不与她分离！威廉呵，我的心时时渴望到她身边去！

我常两个小时、三个小时地坐在她身旁，欣赏着她优美的姿态举止、隽永的笑语言谈，所有的感官渐渐紧张到了极点，直至眼前发黑，耳朵再听不见任何声音，喉头就像给谁扼住了似的难受，心儿狂跳着，渴望着使紧迫的感官松弛一下，结果反倒使它们更加迷乱。威廉啊，我这时候常常不知道，我是否还在这个世界上活着！有时候，抑郁的心情占了上风，要不是绿蒂允许我伏在她手上痛哭一场以舒积郁，从而得到可怜的一点点安慰的话，我就一定得离开她，一定得跑出去！随后，我便在广阔的田野里徘徊，攀登上一座陡峭的山峰，踯躅在没有路径的森林里，穿过满是荆棘的灌木丛，让它们刺破我的手脸，撕破我的衣履！这样，我心中会好受一点儿！但也就是这一点儿而已！有时，我又渴又累，倒卧途中；有时，在深夜寂静的林间，我头顶一轮满月，坐在一棵弯曲的树上，让我磨伤的脚掌得到些许休息，接着，在黎明前的朦胧晦暝中，由困人的寂寥送入梦乡，沉沉睡去。威廉，修道士寂寞的斗室，赎罪者羊毛织成的粗衣和荆条编成的腰带，现在才是我灵魂渴求的甘露啊！再见了！我看这眼前的悲苦是无休无止，除非进入坟墓。

九月三日

我必须走了！谢谢你，威廉，是你坚定了我的决心，使我不再犹豫。十四天来，我一直在纠结着离开她的念头。我必须走了。眼下她又在城里照护她的女友。而阿尔伯特……还有……我必须走了！

九月十日

那是怎样一个夜晚哟，威廉！现在我一切都可以克服了。我不会再见到她！此刻，我恨不得扑到你怀里，痛痛快快地哭一场，向你倾吐我激动的情怀，我的好友！我坐在这儿，为使自己平静下来而一口一口地吸着长气，同时期待着黎明快快来到；太阳一出，我的马匹就备好了。

唉，她会睡得很安稳，不会想到再也见不着我了。我终于坚强起来，离开了她，在两个小时的交谈中丝毫不曾泄露自己走的打算。上帝呵,那是怎样一次谈话啊!

阿尔伯特答应我,一吃完晚饭就和绿蒂一起到花园里来。我站在高高的栗子树下的土坡上,最后一次目送着夕阳西下,沉落到幽静的山谷和平缓的河流背后去。我曾多少次和她一起站在这儿,欣赏着同一幕壮丽景色呵;然而现在……

我在那条十分熟悉的林荫道上来回踱着;早在认识绿蒂以前,这条路便对我产生了某种神秘的吸引力,使我经常在此驻足;后来,在我俩认识之初,我们便发现彼此对这个地方都有着相同的爱好,当时的欣喜之情简直难以言说。这条林荫道,的确是我见过的一件最富浪漫情调的艺术杰作。

你一直要走到栗子树间,眼前才会豁然开朗。——啊,我想起来了,我已经对你描写过许多次,告诉你那些高耸的山毛榉树怎样像墙一般把人围在中间,那林荫道怎样被两旁的小丛林遮挡着,显得越发幽暗,直到最后成为一个与世隔绝的小天地,寂静凄清,令人悚然。我还清楚记得第一次在正午走进去时的奇异心境;我当时隐隐约约预感到,这将是一个既让人尝到许多幸福,又让人体验无数痛苦的所在。

我怀着令人销魂的离情别绪,在那儿沉思了约莫半个小时,便听见他们从土坡下走上来了。我跑上前去,在拉住她的手时不由一怔,但还是吻了吻。我们再登上土坡时,月亮也刚好从树影森森的山岗后面升了起来。我们谈着各种各样的事情,不觉已走到黑魆魆的凉亭前面。绿蒂跨进去坐下来,阿尔伯特坐在她身边,我也一样。然而,内心的不安叫我没法久坐,便站起身,走到她跟前,在那儿踱了一会儿,最后又重新坐下,那情形可真令人难受啊。这当儿,她让我们注意到美丽的月光,只见我们面前的山毛榉树墙的尽头,整个土坡都被照得雪亮,加之是被包围在一片深邃的幽静中,就更加鲜明悦目。我们全都沉默无语,过了好一阵她才又开口道:

"每当在月光下散步,我总不免想起自己已故的亲人,对死和未来的恐惧就一定会来袭扰我。我们都一定会死啊!"她声音激动地继续说,"可是维特,你说我们死后还会不会再见呢?见着了还能相互认识么?你的预感怎么样?你能说些什么?"

"绿蒂,"我说,同时把手伸给她,眼里噙满了泪水,"我们会再见的!在这儿和那儿都会再见!"

我讲不下去了。在我满怀离愁的时刻,威廉,难道她非这么问不可!

"我们已故的亲人,"她继续问,"他们是否还记得我们呢?他们能不能感觉到,我们在幸福的时刻,总是怀着热爱想念他们呢?常常,在静静的夜晚,我坐在弟妹中间,像当年母亲坐在她的孩子们中间一样,孩子们围着我,像当年围着他们的母亲一样,这时候,我面前每每就会浮现出我母亲的形象。我呢,眼含渴慕的热泪,仰望天空,希望她能哪怕只看我一眼,看看我是如何信守在她临终时对她许下的诺言,代替她做孩子们的母亲的。我激动得几乎喊出声来:'原谅我吧,亲爱的妈妈,要是我没能像您那样无微不至地关怀他们。唉,我已经做了能做的一切,照顾他们穿衣,照顾他们的饮食,更重要的,还保护他们、爱他们。

亲爱的神圣的妈妈呀,你要能见到我们是多么和睦就好了!你将怀着最热烈的感激之情赞美上帝,赞美你曾以临终的痛苦泪水,祈求他保佑你的孩子们的主……'"

她这么讲啊讲啊,威廉!谁能够把她讲的都复述出来呢?这冷漠的、死的文字,怎能表达那灵智的精髓呵!

阿尔伯特温柔地打断她:"你太激动了,亲爱的绿蒂!我知道,你心里老惦着这件事,不过我求你……"

"呵,阿尔伯特,"她说,"我知道你不会忘记那些个晚上,当时爸爸出门去了,孩子们已被打发上了床,我俩一块儿坐在那张小小的圆桌旁边,你手头常常捏着一本书,却很难得读一读;要知道在这个世界上,有什么比和这个美丽的灵魂进行交流更重要呢?她是位秀丽、温柔、快活而不知疲倦的妇女。上帝知道,我多么经常流着热泪跪在自己床上,乞求他让我变成像她一样!"

"绿蒂!"我叫着,同时扑倒在她跟前,抓住她的手,眼泪簌簌滴到了她的手上,"绿蒂呵,上帝时刻保佑着你,还有你母亲在天之灵也保佑着你!"

"唉,你要是认识她就好了,"绿蒂紧握着我的手,说,"她值得你认识呐!"听到这话,我自觉飘飘然起来;在此之前,我还从未受过更崇高、更可引以为自豪的称赞哩。她继续说:"可这样一位妇女,却不得不正当盛年就离开人世。那时候,她最小的儿子才六个月啊!她没有病多久,死的时候平静而安详,只有她的孩子们令她心疼,特别是最小的儿子。弥留之际,她对我讲:

'把他们给我领来吧。'我就把孩子们领进房去,小的几个还懵懵懂懂,大的几个也不知所措,全围着病榻站着。她举起手来为他们祝福,挨个儿吻了他们,然后便打发他们出去,一边却对我讲:'你要做他们的母亲呵!'——我向她起了誓——'你答应了要像母亲似的关心他们、照料他们,这个担子可不轻呀,我的女儿!我自己经常从你感激的泪水看出,你已体会到做个母亲多么不易。对于你的弟妹,你要有母亲的慈爱;对于你的父亲,你要有妻子似的忠实与柔顺,并且成为他的安慰。'她问父亲在哪儿。父亲为了不让我们看见他难以忍受的悲痛,已一个人出去;这男子汉也是肝肠寸断了啊。

"阿尔伯特,你当时也在房中。她见有人走动,便问是谁,并要求你走过去。她凝视着你和我,目光安详,流露出感到欣慰的神气,因为她知道我俩将在一起,幸福地在一起。"

阿尔伯特一把搂住绿蒂的脖子,吻她,吻了又嚷:

"我们现在是幸福的!将来也会幸福!"

冷静的阿尔伯特一时间竟失去了自制,我更完全忘乎所以。

"维特呵,"她又继续讲,"上帝却让这样一位夫人离开了人世!我有时想,当我们眼看自己生命中最亲爱的人被夺走时,没有谁的感受比孩子们更痛切的了。后来,我的弟妹很久很久还在对人诉说,是一些穿黑衣的男人把妈妈给抬走啦!"

她站起身来,我才恍如大梦初醒,同时深为震惊,因此仍呆坐在那儿,握着她的手。

"咱们走吧,"她说,"时候不早了。"她想缩回手去,我却握得更紧。

"我们会再见的，"我叫道，"我们会再相聚，不论将来变成什么样子，都能彼此认出来的。我要走了，心甘情愿地走了，"我继续说，"可要我说永远离开你们，我却无此毅力。保重吧，绿蒂！保重吧，阿尔伯特！我们会再见的！"

"我想就在明天吧。"她开玩笑说。

天啦！这个"明天"多够我受！可她在抽回手时，还压根儿不知道哩……

他俩走出了林荫道；我仍呆呆立着，目送着他们在月光下的背影，随后却扑倒在地上，痛哭失声，一会儿又一跃而起，奔上土坡，从那儿，还看见她的白色衣裙，在高高的菩提树下的阴影里闪动，可等我再伸出手去时，她的倩影已消失在园门中。

第二编

一七七一年十月二十日

我们昨天抵达此地。公使觉着身体不舒服,要在家里休息几天。他要是脾气随和些就一切都好了。我发现,一再地发现,命运总是安排给我种种严峻的考验。可要鼓起勇气啊!心情一轻松,便什么都能忍受了。好个心情轻松,这话竟然出自我的笔下,简直令人好笑!唉,岂知我只需心情稍微轻松一点儿,就可以成为天底下最幸福的人。可不是么,别人有一点点能力,一点点才分,便到处夸夸其谈、沾沾自喜,我干吗还要悲观失望,怀疑自己的能力和天赋呢?仁慈的上帝,是你赐予了我这一切;可你为什么不少给我一半才能,多给我一丁点自信与自足哟!

别急!别急!情况会好起来的。告诉你,好朋友,你的意见完全对。自从我每天在人们中间忙忙碌碌,看见他们干什么和怎么干以来,我的心绪已经好多了。的确,我们生来就爱拿自己和其他人反反复复比较;所以,我们是幸福或是不幸,全取决于我们与之相比的是些什么人;所以,最大最大的危险,就莫过于孤身独处了。我们的脑子生来就是朝上想的,加之受到诗里的幻境的激发,便常常臆造出一些地位无比优越于我们的人来,好像他们个个都比自己杰出,个个都比自己完美。而且这似乎理所当然。经常地,我们感到自己身上有这样那样的缺陷;在我们看来,我们所欠缺的,别人偏偏都有。不仅如此,我们还把自己所有的品质全加在他们身上,外搭着某种心满意足。这样,一个幸福的人就完成了,只不过是我们自己的创造而已。

反之,如果我们不顾自己的衰弱和吃力,只管一个劲儿往前赶,我们常常便会发现,我们虽然步履踉跄,不断迷路,却仍比其他又张帆又划桨的人走得远——而且,一旦你与其他人并驾齐驱,或者甚至超越了他们,你就会真正感觉到自身的价值。

十一月二十六日

我开始勉勉强强适应了此地的生活。最使我高兴的,是这儿有足够的事干;此外,还有许许多多的人,百态千姿、形形色色,恰似在对着我的灵魂演出一场热闹的趣剧。我已经结识了 C 伯爵,一位令我日益尊敬的博学而杰出的男子。他见多识广,所以对人就不冷漠;从他的待人接物,可以明显看出他是很重感情和友谊的。我有一次奉命去他府上公干,他便表现出对我有好感,一经交谈,他更发现我们相互理解,发现他可以同我像同他的少数知心朋友似的倾谈。还有他对人态度之坦率,我怎么称赞也不为过。世间最纯粹、最暖人胸怀的乐事，恐怕莫过于看见一颗伟大的心灵对自己坦诚相见吧。

十二月二十四日

公使给了我许多烦恼，这是我预料到的。像他似的吹毛求疵的傻瓜，世上找不出第二个。一板一眼，啰里啰唆，活像个老太婆；他这人从来没有满意自己的时候，因此谁也甭想多会儿能称他的心。我喜欢的可是干事爽快麻利，是怎样就怎样；他呢，却有本事把文稿退还给我，说什么"文章嘛写得倒挺好，不过您不妨再看看，每看一遍总可以找到一个更漂亮的句子，一个更适合的小品词"。这真把我气得要死。任何一个"和"，任何一个连词，你都甭想省去；我偶尔不经意用了几个倒装句，他都拼命反对；要是你竟把他那些长套句换了调调，他更会摆出一副完全摸不着头脑的样子。和这样一个人打交道，真叫受罪啊。

只有 C 伯爵的信任，才给我以安慰。最近他开诚布公地告诉我，他对我这位公使的拖沓与多疑也很不满。"这种人不仅自讨苦吃，也给人家添麻烦。不过，"他说，"我们必须听天由命。这就像旅行者不得不翻一座山，这座山要是不存在，路走起来自然舒坦得多，也短得多；可它既然已经存在，那你就必须翻过去！"

我那老头子心里明白，比起他来伯爵更器重我。他对此十分生气，一抓住机会就当着我的面讲伯爵的坏话；我呢，自然便要为伯爵辩护，这一来事情只会更糟。昨天我简直叫他惹火了，因为他下面的一席话，捎带着把我也给骂了进去。他说，伯爵处理起事务来还算行，非常干练，笔头嘛也来得，可就是缺少渊博的学识，跟所有文人一样。讲这话时，他那副神气仿佛在问："怎么样，刺痛你了吧？"我才不吃这一套哩；我鄙视一个像这样思想和行动的人，便与他针锋相对，毫不让步。我道，无论品性或是学识，伯爵都是位理应受到尊重的人。"在我所有相识者中，"我说，"没有谁像他那样心胸开阔、见多识广，同时又精于日常事务的。"我这话对老头子无异于对牛弹琴；为了避免闲扯下去再找气怄，我就告辞了。

瞧，全都怪你们不是。是你们唠唠叨叨，劝我来戴上了这副重轭，成天价在我耳边念"要有作为呀"，"要有作为呀"。要有作为！如果一个种出马铃薯来运进城去卖的农民，他不就已经比我更有作为的话，我也甘愿在眼下这条囚禁我的苦役船上再受十年罪。

还有那班麇集此间的小市民们的虚伪与无聊！他们是如此地斤斤计较等级，无时无刻不在瞅着抢到别人前头去一步的机会，以致这种最可悲、最低下的欲望，竟表现得赤裸裸的。比如有一个女人，她逢人便讲她的贵族血统和领地，使每个不谙内情者都只能当她是白痴，要不怎么会精神失常，把自己那点儿贵族的血液和世袭的领地竟看得如此了不起？更糟糕的是，这个女的偏偏只是本地一名书记官的千金。是啊，我真不明白这类人，他们怎么竟如此没有廉耻。

不过，好朋友，我一天比一天看得更加清楚，以自己去衡量别人是很愚蠢的。何况我本身有的是伤脑筋的事儿,我这颗心真叫不平静呵——唉,我真乐于让人家走人家的路,只要他们也让我走自己的路就成。

最令我恼火的是市民阶层的可悲处境。尽管我和任何人一样,也清楚了解等级差别是必要的,它甚至还给我本人带来了不少好处,可是,它却偏偏又妨碍着我,使我不能享受这世界上仅存的一点点欢乐、一星星幸福。最近,我在散步时认识了封·B小姐;她是一位在眼前的迂腐环境中仍不失其自然天性的可爱姑娘。我和她谈得十分投机,临别便请她允许我上她家去看她。她大大方方地答应了,使我更加急不可耐地等着约定的时间到来。她并非本地人,住在一位姑母家里。老太太的长相我一见就不喜欢,但仍然对她十分敬重,多数时间都在和她周旋。可是不到半小时,我便摸清了她的底细,而事后封·B小姐也向我承认了。原来亲爱的姑妈老来事事不如意,既无一笔符合身份的产业,也无智慧和可依靠的人,有的只是一串祖先的名字和可资凭借的贵族地位,而她唯一的消遣,就是从她的楼上俯视脚下的市民的脑袋。据说她年轻时倒是很俊俏的,只是由于行事太诡才毁了自己的一生:开始一意孤行,把不少倒霉的小青年折磨得够戗;后来上了几分年纪,就只好屈就一位软耳根的老军官啦。此人以这个代价和一笔勉强够用的生活费,和她一道度过了那些艰辛的岁月。随后他一命呜呼,丢下她孤零零一个人,眼下的日子同样艰辛。要不是她那侄女如此可爱,谁还高兴来瞅她一瞅啊。

一七七二年一月八日

真不知这是些什么人,整个的心思都系挂在那种种繁文缛节上,成年累月盘算和希冀的只是怎样才能在宴席上把自己的座位往上挪一把椅子。并非他们除此别无事做;相反,事情多得成堆,恰恰是为忙那些无聊的琐事去了,才顾不上干重要的事。上星期,他们在乘雪橇出游时便发生了争吵,结果大为扫兴。

这班傻瓜哟,他们看不出位置先后本身毫无意义;看不出坐第一把交椅的,很少是第一号角色!古往今来,不知有多少君王受自己宰相的支配,有多少宰相又被其秘书所驾驭!在这种情况下,谁是第一号人物呢?我认为是那个眼光超过常人,有足够魄力和心计把别人的力量与热情全动员起来实现自己计划的人。

一月二十日

亲爱的绿蒂,我刚才为避一场暴风雪逃进了一家乡村小客栈;只有到了这儿,我才能给你写信。多久我还困在 D 城那可悲的窠巢里,忙碌在那班对于我的心来说完全是陌生的人们中间,多久我的心就不会叫我写信给你。可眼下,我在这所茅屋中是如此寂寞,如此湫隘,雪和冰雹正扑打着我的小窗,在这儿我第一个思念的却是你。我一踏进门,你的情影便出现在我的眼前,唤起了我对你的回忆,绿蒂呵,那么神圣、那么温馨的回忆!仁慈的上帝，这是许久以来你赐予我的第一个幸福时刻啊！

亲爱的，你哪知道我已变得多么心神不定、知觉麻木！我的心没有一刻充实，没有一刻幸福！空虚呀！空虚呀！我好像站在一架西洋镜前，看见人儿马儿在我眼前转来转去，不禁经常问自己，这是不是光学把戏呢？其实，我自己也参加了玩这把戏，或者更正确地说，也像个木偶似的被人玩，偶尔触到旁边一个人的木手，便吓得战栗着缩了回来。晚上，我下决心要享受日出，到了早晨却起不来床；白天，我希望能欣赏月色，天黑了又呆在房中出不去。我闹不明白，我干吗起身，干吗就寝。

我的生活缺少了酵母；使我深夜仍精神饱满，一大早就跳下床来的兴奋剂已不知落在了何处。

在此地我只结识了一个女子，一位名叫封·B的小姐；她就像你啊，亲爱的绿蒂，如果说谁还能像你的话。"哎，"你会说，"瞧这人才会献殷勤哩！"——此话倒也并非完全不对；一些时候以来，我的确变得有礼貌多了，机灵多了——不如此不行呵——所以女士们讲：谁也不如我会说奉承话。"还有骗人的话。"你会补充说。可是，不如此不行呵，你懂吗？——让我还是讲封·B小姐吧。她是一个重感情的姑娘，这从她那一双明亮的蓝眼睛里可以看出来。她的贵族身份只是她的负担，满足不了她的任何愿望。她渴望离开扰攘的人群，我不止一次陪着她幻想过田园生活的纯净的幸福，啊，还幻想过你！她是多么经常地不得不崇拜你呵。不，不是不得不，而是自愿；她非常愿意听我讲你的情况，并且爱你。

呵，我真愿能再坐在你脚边，坐在那间舒适可爱的小房间里，看着我们亲爱的孩子们在我的周围打闹嬉戏!要是你嫌他们吵得太厉害,我可以让他们聚到我身边来,安安静静听我讲一个可怕的故事。

美丽的夕阳慢慢沉落在闪着雪光的原野上,暴风雪过去了,而我呢,又必须把自己关进我那笼子里去……

再见!阿尔伯特和你在一起吗?你究竟过得……?上帝饶恕我提这个问题!

二月八日

八天来天气坏得不能再坏,但对于我却太好啦。须知,自从我到此地以后,还没有一个天气好的日子不是让人破坏了或者搞得不痛快的。"哈,这会儿你尽管下雨、飞雪、降霜、结冰好了,"我想,"我反正待在屋子里也不会比外面坏,或者恰恰相反,倒好一些。"每当早上太阳升起,预示着有一个好日子的时候,我便忍不住要嚷:"今儿个上帝又降了一个恩惠,好让他们去你抢我夺啦!"他们互相抢夺着健康、荣誉、欢乐和休息,而且这样做多半是出于愚昧无知和心胸狭隘;可你要听他们讲起来,存心却又像好得不能再好了。我有时真想跪下去求他们,别这么发疯似的大动肝火好不好。

二月十七日

我担心,我的公使与我共事不长了。这个简直叫你受不了。

他办公和处理问题的方式十分可笑，我常常禁不住要讲出自己的看法来，或者干脆按照自己的想法和方式行事，结果自然从来不能令他满意。最近他到宫里去告了我，部长也就给了我一个申斥，虽说相当和缓，但申斥毕竟是申斥。我已准备提交辞呈，这当口却收到了他的一封亲笔信①；这是一封怎样的信呵！在它所包含的崇高、高尚和英明的思想面前，我不能不五体投地。他责备我有失偏激。他说，我对办事效率、对影响他人、对干预政务等问题的想法，固然表现了年轻人的朝气，值得尊重，却是操之过急；因此，他并不准备叫我打消这些想法，而只希望使它们和缓一点，只希望引导它们，让它们发挥好影响，产生积极切实的作用。真的，有八天之久，我感到深受鼓舞，心情格外舒畅。内心的平静确是一件珍宝，简直就是欢乐本身。亲爱的朋友，要是这珍宝既贵重美丽，又不易破碎就好喽！

二月二十日

上帝保佑你们，亲爱的朋友！愿他把他从我这儿夺去的好日子，统统赐予你们吧。

我感谢你，阿尔伯特，感谢你瞒着我。我一直等着你们结婚的消息；我已下定决心，当这大喜的日子一到来，就将郑重其事

---

① 出于对这位杰出人物的尊敬，编者从书里抽去了这封信及后文提到的另一封信；因为编者认为，不这样未免冒失，就算能得到读者的热诚感谢吧，也仍然是不可原谅的。（原作注）

地从墙上把绿蒂那张剪影像取掉,藏到其他画片中间去。喏,眼下你们已经成为眷属,可她的像仍然挂在这里;是的,还要让它一直挂下去!为什么不呢?我知道,我也仍然存在于你们那儿,存在于绿蒂心中,但并未妨碍你,是的,我在她心中占据着第二个位置,并且希望和必须把这个位置保持下去。呵,要是她把我忘了,我就会发疯的……这个想法太可怕,阿尔伯特。再见,阿尔伯特!再见,绿蒂,我的天使!

三月十五日

我触了一个霉头,看起来是非离开此地不可啦。我咬牙切齿!见鬼!事情绝无补救,而要怨就只能怨你们。是你们鼓动我、催促我、折磨我,使我接受了这份与我性情不合的差事。这下我可好了!这下你们可好了!为了不让你讲什么又是我思想偏激才把一切弄糟了的,现在我请你,亲爱的先生,听听下面这段简短有趣的故事,它将是原原本本的纪实。

C伯爵喜欢我、器重我,这你知道,我已经对你讲过上百遍了。就在昨天,我在他府上吃饭,可没想到正巧碰着个当地的贵族男女晚上要来他家聚会的日子;再说我也从来没留心,像我们这样的小人物是不容插足他们的集会的。好啦。我在伯爵府上吃饭,饭后我们在大厅中踱起步来。我和伯爵谈话,和一位后来的上校谈话,不知不觉聚会的时候就到了。天晓得,我却压根儿没想到呵。这当口,最最高贵的封·S太太率领着自己的丈夫老爷及她那只孵化得很好的"小鹅"——一位胸部扁平、纤腰迷人的千金走进来了,并且在经过我身边时高高扬着他们那世袭贵族的眼睛和鼻孔。我打心眼里讨厌这号人,因此打算等伯爵与他们一寒暄完就去向他告辞,谁知这时我那 B 小姐又进来了。我每次一见她总感几分欣喜,便留下来,站在她的椅子背后,过了好一会儿才发现她和我交谈不如平时随便,样子也颇尴尬。我觉得奇怪。"原来她也跟那班家伙一样哩。"我暗想,不禁生起气来,准备马上走;可我仍留下了,因为我很希望是错怪了她,不相信她真会如此,希望能从她口里听见一句好话,并且……谁知还希望什么。这期间,聚会的人已经到齐:有穿戴着参加弗朗茨一世①加冕时的全套盛装的 F 男爵,有带着自己的聋子老婆、在这种场合被郑重地称为封·R 大人的宫廷顾问 R,等等,此外,还不应忘记提到捉襟见肘的 J,他在自己满是窟窿的老古董礼服上,打着许多时新的补丁。聚到一块儿的就是这种人物。我与其中几个我认识的攀谈,他们全都爱理不理。我想……我只留心着我的 B 小姐,没注意到女人们都凑到大厅的头上,在那儿叽叽咕咕地咬耳朵;没注意到,后来男人们也受了传染;没注意到,封·S 夫人一个劲儿在对伯爵讲什么(这些情形全是事后 B 小姐告诉我的),直到伯爵终于向我走来,把我领到一扇窗户跟前。

"您了解我们的特殊处境,"他说,"我发现,参加聚会的各

---

① 弗朗茨一世(Franz der Erste, 1708—1765),"德意志民族神圣罗马帝国"的皇帝,1745 年加冕。

位对您在场感到不满。我本人可是说什么也不想……"

"阁下,"我抢过话头说,"千万请您原谅;我早该想到才是呵。不过我知道,您会恕我失礼的。我本早想告辞,却让一个恶灵给留住了。"我微笑着补充道,同时鞠了一躬。

伯爵含意深长地紧紧握着我的手。我不声不响地出了一帮贵族聚会的大厅,到得门外,坐上一辆轻便马车,向着 M 地驶去。在那儿,我一边从山上观赏落日,一边读着我的荷马,听他歌唱奥德修斯如何受着好客的牧猪人的款待。一切都是如此的美好啊。

傍晚回寓所吃饭,客厅里已只剩几个人。他们挤在一个角落里掷骰子,把桌布都翻了过去。这当儿为人诚恳的阿德林走进来,脱下帽子,一见我就靠拢来低声说:

"你碰钉子了?"

"我?"我问。

"可不是,伯爵把你从集会里赶出来啦。"

"见他们的鬼去!"我说,"我倒宁肯出来呼吸呼吸新鲜空气呐。"

"这样就好,你能不在乎,"他说,"可令我讨厌的是,眼下已经闹得满城风雨。"

到这时候,我才感觉不自在起来。所有来进餐的人都盯着我瞧,我想原因就在这里吧!这才叫恼人呵。

甚至在今天,我走到哪儿,哪儿的人都对我表示同情;我还听见一些本来嫉恨我的人洋洋得意地讲:"这下瞧见了,那种妄自尊大的家伙会有怎样的下场。他们凭着点小聪明就自以为了不起，把一切全不放在眼中……"诸如此类的混账话还有的是。我真恨不得抓起刀来，刺进自己的心窝里去；要知道你们尽可以说什么自行其是，不予理睬，可我倒想看看，有谁能忍受占了上风的无赖们对自己说东道西。他们的话要是凭空捏造，唉，那倒也罢了。

三月十六日

所有的事情都叫我生气。今天我在大街上碰见B小姐，忍不住招呼了她。一当我们离开人群远了点，我就向她发泄对她最近那次态度的不满。

"呵，维特，"她语气亲切地说，"既然你了解我的心，怎么还能这样解释我当时的狼狈不安呢？从跨进大厅的一刻起，我就多么为你难受啊！我已预见到后来发生的一切，话到舌头无数次，只差对你讲出来。我知道，封·S和封·T宁肯带着她们的男人退场，也绝不愿和你在一起。我知道，伯爵也不好得罪他们……眼下可热闹啦！"

"眼下怎样了，B小姐？"我问，同时掩饰着内心的恐惧；而前天阿德林给我讲的一切，此刻就像沸腾的开水在我血管里急速流动起来。

"你可害得我好苦呵！"说着说着，可爱的人儿眼里就噙满了泪水。

我再控制不住自己，已准备跪倒在她脚下。

"请你有话就说出来吧。"我嚷道。

泪珠顺着她的脸颊往下淌,我完全失去了自制。她擦着眼泪,一点没有掩饰的意思。

"你知道我姑妈,"她开始讲,"当时她也在场,并且以怎样的目光盯着你哟!维特,我昨天晚上好不容易才熬过来,今儿一天又为和你交往挨了一顿训。我还不得不听着她贬低你、辱骂你,一点不能为你辩解,不好为你辩解。"

B小姐说的每一句话,都像剑一样刺痛我的心。她体会不到,如果不提这一切对我来说是多么大的仁慈。现在她又告诉我人家还有哪些流言蜚语,以及谁谁谁将因此洋洋得意。她说,那些早就指责我傲气和目中无人的家伙,眼下对于我受的报应真是心花怒放、乐不可支。听着她,威廉,听着她以怀着真诚同情的声调讲这些……我当时气得肺都快炸了,眼下也仍然怒火中烧。我那会儿真希望有谁站出来指责我,这样我便可以一刀戳穿他;也许见了血,我的心中会好受些。呵,我曾上百次地抓起刀来,想要刺破自己的胸膛,以舒心中的闷气。人说有一种宝马,当骑手驱赶过急,它便会本能地咬破自己的血管,使呼吸变得舒畅一些。我的情形经常也就如此,真巴不得切开自己的一条动脉,以便获得永远的自由。

三月二十四日

我已向宫里要求辞职,希望能得到批准;我没有事先征得你们同意,想必你们不会怪罪我吧。我反正是非走不可了;而你们为劝我留下可能说的话,我也都知道……对了,请你把此事尽可能委婉地告诉我母亲,我自己已是无计可施,如果不能使她称心,那就只有求她原谅。自然,这必定会叫她难过:眼看自己儿子业已开始的做枢密顾问和公使的美好前程就此断送,前功尽弃!你们爱怎么想就怎么想好了,任随想出几多我可以留下和应该留下的理由,一句话,我反正得走。为了让你们知道我的去向,我就告诉你,这儿有一位侯爵,他很乐于和我结交。当他得知我辞职的打算以后,便邀我到他猎庄上去,和他共度明媚的春天。他答应到时候让我自便,加之我们在一起还相互有某种程度的理解,我就想碰碰运气,随他一块儿去。

补记

四月十九日

感谢你的两封来信。我迟迟未复信,是因为我把这封信压下了,一直等到辞呈批下来;我担心母亲会去找部长,使我的打算难以实现。眼下可好了,辞呈已经摆在面前。我不想告诉你们,上边是多么不愿意批准它,以及部长在信中写了些什么话;否则,你们又该抱怨开来。亲王赠我二十五个杜尔盾,作为解职金,我感动得几乎掉下泪来。这就是说,我不需要母亲再寄给我最近信上要的那笔钱了。

五月五日

我明天就要离开这儿;因为我的故乡离途经的某地只有六英里,我于是打算再去看看它,回忆回忆那些业已逝去的充满幸福梦想的日子。想当年,父亲故去以后,母亲领着我离开可爱的家园,把自己关进了城里;如今我又要走进她曾领着我出来的同一道门里去。再见,威廉,我在途中会给你写信的。

五月九日

我怀着朝圣者的虔敬心情,完成了我的故乡之行;一些意想不到的情感曾在我心中油然而生。在出城向 S 地走一刻钟处的那株大菩提树旁，我叫车夫停了下来。我下了车，打发邮车继续往前走，自己准备步行，以便随心所欲地唤起对往事的回忆，尽情地加以重温。瞧我又站在这株菩提树下啦！儿时，我曾无数次地以它为散步的终点和目标。世事无常！当初，无知而幸福的我多么渴望到那陌生的世界里去，为我的心寻找丰富的营养和无尽的享受，使我郁闷焦躁的胸怀得以舒畅，得到满足；如今，我从广大的世界上归来，我的朋友呵，可希望已一个个破灭，理想也尽皆消亡！

我看见那些山峰仍兀立眼前，我曾多少次希望去攀登它们呵！我曾几小时几小时地坐在这菩提树下，心儿却已飞过山去，尽情地神游在山后的森林与峡谷中；在我眼里，它们显得如此亲切，如此神秘。每当到了回家的时刻，我又多么恋恋不舍，不愿离开这可爱的所在呵！

离城渐渐近了。所有古老的、熟悉的花园小屋都得到了我的问候，而新建的却令我反感，一如其他所有由人造成的变化。我穿过城门，一下子就感觉自己到了家。好朋友，我不想细谈；这些对我具有极大魅力的事物，讲出来却会十分单调乏味。我决定下榻在市集广场上，紧靠着我们家的老屋。我在散步时发现，我们被一位认真的老太太塞在里边度过了童年时代的教室，如今已变成一家杂货铺。我回味着在这间小屋里经历过的不安、悲伤、迷惘和恐惧。几乎每跨一步，我都能遇上吸引我注意的事物；即使一个朝圣者到了圣城，也找不到如此多值得纪念的地方，他的心也很难充满如此多神圣的激情呵。——仅再举千百件经历中的一件为例。我沿河而下,走到了有一个农场的地方;从前我也常来这儿,我们男孩子练习用扁平的石块在河面上打水漂儿。我还记忆犹新的是,我有时站在江边目送着江水,心中充满了奇妙的预感,脑子里想象着江水正要流去的不可思议的地域,但很快便发现自己的想象力到了尽头;尽管如此,我仍然努力想下去,直到终于忘情在一个看不见的远方。——你瞧,朋友,我们那些杰出的祖先尽管孤陋寡闻,却也非常幸福!他们的感情和诗是那么天真!当奥德修斯讲到无垠的大海和无边的大地时,他的话是那么真实、感人、诚挚、幼稚而又十分神秘。现在,我可以和每一个学童讲,地球是圆的,可这对我又有何用处呢?人只需要小小一块土地,便可以在上边安安乐乐;而为了得到安息,他所需的地方就更小了。

眼下我已住在侯爵的猎庄上。这位爵爷待人真诚随和,倒也十分好处。可在他周围,却有一些令我简直莫名其妙的怪人。他们似乎并非奸诈之徒,但又没有正派人的样子。有时候,我也觉得他们是诚实的,但仍不能予以信赖。最令我感觉不快的是,侯爵经常人云亦云,高谈阔论,讲一些听到和读到的东西。

再说,他之重视我的智慧和才气,也胜过重视我的心;殊不知我的心才是我唯一的骄傲,才是我的一切力量、一切幸福、一切痛苦及一切一切的唯一源泉!唉,我知道的东西谁都可以知道;而我的心却为我所独有。

五月二十五日

我脑子里有过一个计划；但在它实现以前，我本不想告诉你。现在看来它反正不会成功，说说也无妨。我曾经希望去从军！这个想法在我心中久已有之；我追随侯爵来到他庄上，主要目的也在于此，因为他是×××地方的现役将军。一次在散步时，我把自己的打算透露给他；他劝我打消这个念头，说除非我真的有此热情，而不是一时胡思乱想，否则我就必须听从他的规劝。

六月十一日

随你讲什么吧，反正我是待不下去了。你要我在这儿干吗呢？日子长得叫我难过。至于侯爵，他待我要多好有多好，可我仍然感到不自在。归根结底，我们之间毫无共同之处。他是个有理解力的人，但也仅仅是平平庸庸的理解力罢了；与他交往带给我的愉快，不见得比读一本好书来得多。我打算再待八天，然后又四处漂泊去。我在此间干的最有意义的事是作画。侯爵颇具艺术感受力；他要不是受讨厌的科学概念和流行术语的局限，对艺术的理解就会更深刻一些。有不少次，正当我兴致勃勃地领着他在自然与艺术之宫中畅游，他却突然自作聪明，从嘴里冒出一句艺术行话来，把我直恨得牙痒痒的。

六月十六日

唉,我不过是个漂泊者,是个在地球上来去匆匆的过客!难道你们就不是么?

六月十八日

我打算去哪儿?让我对你说实话吧。我不得不在此地再逗留十四天,然后准备考虑去参观×地的一些矿井;但参观矿井压根儿不算回事,目的还是想借此离绿蒂近一些,如此而已。我自己也不禁笑起自己这颗心来;但笑归笑,却仍然迁就了它。

七月二十九日

不,这样很好!好得无以复加!……我……她的丈夫!呵,上帝,是你创造了我,要是你还给了我这个福分,那我这一生除了向你祈祷以外,便什么也不再做。我不想反抗命运,饶恕我的这些眼泪,饶恕我的这些痴心妄想吧!——她做我的妻子!要是我能拥抱这个天底下最可爱的人儿,那我就……

每当阿尔伯特搂住她纤腰的时候,呵,威廉,我的全身便会不寒而栗。

然而,我可以道出真情吗,威廉?为什么不可以?她和我在一起会比和他在一起幸福啊！他不是那个能满足她心中所有愿望的人。他这人缺乏敏感，缺乏某种……随你怎么理解吧，总之，在读到一本好书的某个片断时，他的心不会产生强烈的共鸣，像我的心和绿蒂的心那样；还有，经常地，当我们发表对另外某个人的行为的感想时，情况同样如此。亲爱的威廉！他虽说也专心一意地爱着她，但这样的爱尽可以获得任何别的报偿啊！

一个讨厌的来访者打断了我。我的泪水已经擦干，心也乱了。再见，好朋友！

八月四日

不只我一个人的处境是这样。所有人都失望了，所有人都遭到了命运的欺骗！我去看望住在菩提树下那位贤惠的妇人。她的大儿子跑上来迎接我；听见他的欢叫声，母亲也走了出来，一副垂头丧气的模样。她第一句话就告诉我："先生，我的汉斯已经死了！"——汉斯是她的小儿子。我无言以对。——"还有我的丈夫，"她继续说，"他也两手空空地从瑞士回家来，要不是遇着些好人，他不讨饭才怪哩。他在半道上得了寒热病。"——我不知对她说什么好，只送了一点儿钱给她的小孩；她请我收下几只苹果，我接过来，带着忧伤的回忆离开了那地方。

八月二十一日

一眨眼，我的境况完全变了。有几次，我眼前又闪现过生活的欢愉的光辉，可惜转瞬即逝！——每当我堕入忘我的梦幻中，我便禁不住产生一个想法："要是阿尔伯特死了又将怎样呢？你会的！是的，她也会……"随后，我便跟着自己的胡思乱想追去，直至被领到悬崖边上，吓得浑身战栗着往后退。

我出得门来，循着当初去接绿蒂参加舞会的大路走啊走啊，可是已物是人非！一切已如过眼云烟！没有留下昔日世界的一丝痕迹、半缕情绪。我的心境恰似一个回到自己宫堡中来的幽灵：想当初，他身为显赫的王侯，建造了这座宫堡，对它极尽豪华装饰之能事，后来临终时又满怀希望地把它遗留给自己的爱子；看眼前，昔日的辉煌建筑已烧成一片废墟。

九月三日

我有时真不能理解，怎么还有另一个人能够爱她，可以爱她；要知道我爱她爱得如此专一，如此深沉，如此毫无保留，除她以外，我就什么也不知道，什么也不了解，什么也没有了呵！

九月四日

是的，就是这样，正如自然界已转入秋天，我的心中和我的周围也已一派秋意。我的树叶即将枯黄，而邻近我的那些树木却在落叶了。我上次刚到此地，不是对你讲过一个青年农民么？这次在瓦尔海姆我又打听他的情况，人家告诉我他已被解雇；此外就谁也不肯再讲什么。昨天,在通往邻村的路上,我碰见他,与他打招呼,他于是给我讲了他的故事。要是我现在再讲给你听,你将很容易理解这个故事为何令我感动不已。可是,我干吗要讲这一切,干吗不把所有令我担忧、令我难受的事情藏在自己心中,而要让你和我一样不痛快呢?干吗我要一次次给你机会,让你来怜悯我,骂我呢?随它去吧,这也许是我命中注定了的!

经我问起,这青年农民才带着默默的哀愁——我看还有几分羞怯——讲起他自己的事。但一讲开,他就突然像重新认识了自己和我似的,态度变得坦率起来,向我承认了自己的错误,并开始抱怨他的不幸。我的朋友,我现在请你来判断他的每一句话吧!

他承认,不,他是带着一种回忆往事的甜蜜与幸福的神情在追述他对自己女东家的感情如何与日俱增,弄得到后来六神无主,不知道自己该做什么、该说什么。他吃不进、喝不下、睡不着,嗓子眼好似给堵住了一样。人家不让他做的事,他做了;人家吩咐他做的事,他却给忘了,恰似有个恶灵附了体。直到有一天,他知道她在阁楼上,便跟着追了去,或者更确切地说,被吸引了去。由于她怎么也不听他的请求,他自己也不知怎么搞的,竟想对她动起蛮来;不过上帝作证,他对她的存心始终是正大光明的,别无其他欲念,只是想娶她做老婆,让她和他一起过日子而已。因为已经讲了相当久,他开始结巴起来,就像一个还有话讲但又不好说出口的人似的。最后,他还是很难为情地向我坦白,她允许了他对自己做一些小小的亲热表示,让他成为她的知己。他曾两三次中断叙述,插进来反复申辩说,他讲这些不是想败坏她的名誉;他并且表示,他仍像过去一样爱她、尊重她，要不是为了叫我相信他并非完全是个头脑发昏的家伙，他才不会把这些事泄漏出来呐。

喏，好朋友，我又要重弹我永远弹不厌的老调了：要是我能让你想象出这当时站在我跟前、眼下也仍像站在我跟前的人是个啥样子，那该多好呵！要是我能正确地讲述一切，让你感觉出我是如何同情他的命运，不得不同情他的命运，那该多好呵！总之，由于你了解我的命运，也了解我本人，你就会十分清楚地知道，是什么使我的心向着一切不幸者，尤其是这个不幸的青年农民。

我在重读此信时，发现忘记了讲故事的结尾；而结尾如何，是很容易猜想的。女东家没有同意他，她的兄弟也插了手。此人早就恨他，早就巴不得把他撵走，生怕自己姐姐一改嫁，他的孩子们就会失去财产继承权；她本身没有子女，所以他们眼下是大有望头的。这位舅老爷不久便赶走了年轻人，并且大肆张扬，闹得女东家本人即便再想找他回去也不可能了。眼下她已另雇了一个长工；而为着这个长工，据说她又和自己的弟弟吵翻了，人家断定她会嫁给他，可她弟弟却死活不答应。

我对你讲的一切绝无夸大，绝无涂脂抹粉；相反，倒可以说讲得不好，不来劲，而且是用我们听惯了的无伤大雅的语言在讲，也就失去了原有的情致。

这样的爱情，这样的忠心，这样的热诚，才不是诗人杜撰得出来的哩！如此纯真的情感，只存在于那个被我们称为没教养的、粗鲁的阶级中。我们这些有教养的人，实际上是被教养成了一塌糊涂的人！毕恭毕敬地读读这个故事吧，我求你。今天我由于写下了它，心情格外平静；再说，你从我的字迹也看得出，我可不是像平时那样心慌意乱、信手涂鸦的呵。读吧，亲爱的威廉，并且在读的时候想着，这也是你的朋友的故事。可不是么，我过去的遭遇和他一样，将来也会一样；只是我不如这个穷苦的不幸者的一半勇敢，一半坚决，我几乎没有拿自己与他相比的勇气。

九月五日

她的丈夫在乡下办事，她写了一张便条给他，开头一句是：

"亲爱的，我的好人，你赶快回来吧，我怀着无比的喜悦期待着你。"

碰巧一位朋友带来消息，说他有些事务未了，不能马上回来。这样字条便一直摆到桌上，当晚落到了我的手里。我读着读着就微笑了。她问我笑什么。

"人的想象力真是神赐的礼物，"我脱口说出，"我有一会儿恍惚觉得，它就是写给我的。"

她听了不再言语，样子似乎不高兴；我也只好沉默下来。

九月六日

我好不容易才下定决心，脱掉我第一次带绿蒂跳舞时穿的那件青色燕尾服；它式样简朴，穿到最后简直看不得了。我又让裁缝完全照样做了一件，同样的领子，同样的袖头，再配上一式的黄背心和黄裤子。

可新做的总不能完全称我的心。我不知道……我想，过段时间也许会好一点吧。

九月十二日

为了接阿尔伯特，她出门去了几天，今天我一跨进她房间，她便迎面走来，我于是高高兴兴地吻了她的手。

从镜台旁飞来一只金丝雀，落在她的肩上。

"一个新朋友，"她一边说，一边把雀儿逗到她手上，"是送给小家伙们的。你瞧多可爱！你瞧！每次我喂它面包，它都扑打双翅，小喙儿啄起来可真灵巧。它还和我接吻哩，你瞧！"

她说着便把嘴唇伸给金丝雀，这鸟儿也将自己的小喙子凑到她的芳唇上，仿佛确曾感受到了自己所享受的幸福似的。

"让它也吻吻你吧，"绿蒂道，同时把金丝雀递过来。

这鸟喙儿在她的嘴唇和我的嘴唇之间起了沟通作用，和它轻轻一接触，我仿佛就吸到了她的芳泽，心中顿时充满甜美无比的预感。

"它和你接吻并非毫无贪求，"我说，"它是在寻找食粮，光亲热一下会令它失望而去的。"

"它也从我嘴里吃东西。"她说。——她真就用嘴唇衔着几片面包屑递给它；在她那嘴唇上，洋溢着最天真无邪和愉快幸福的笑意。

我转开了脸。她真不该这样做啊！不该用如此天真无邪而又令人销魂的场面来刺激我的想象力，把我这颗有时已由对生活的淡漠摇得入睡了的心重又唤醒！——为什么不该呢？——她是如此信赖我！她知道，我是多么爱她！

九月十五日

我真给气疯了，威廉，世上还有点价值的东西本已不多，可是人们仍不懂得爱护珍惜。你知道那两株美丽的胡桃树，那两株我和绿蒂去拜访一位善良的老牧师时曾在它们底下坐过的胡桃树！一想到这两株树，上帝知道，我心中便会充满最大的快乐！它们把牧师家的院子变得多么幽静，多么阴凉呵！它们的枝干是那样挺拔！看着这两株树，自然便会怀念许多年前栽种它们的那两位可敬的牧师。乡村学校的一个教员向我们多次提到他俩中一位的名字，这名字还是他从自己祖父口里听来的。人都讲，这位牧师是个很好的人；每当走到树下，你对他的怀念便会显得神圣起来。告诉你，威廉，当我们昨天谈到这两株树已给人砍了的时候，教员就已眼泪汪汪的。砍掉了！我气得几乎发疯，恨不得把那个砍第一斧头的狗东西给宰啦。说到我这个人，那真是只要看见自己院子里长的树中有一棵快老死了，心里也会难过得要命。可也有一件，亲爱的朋友，人们到底还是有感情的！全村老小都抱怨连天；我真希望牧师娘子能从奶油、鸡蛋及其他东西上感觉出，她给村子造成了多大的伤害。因为这个新牧师的老婆（我们的老牧师已经去世），一个瘦削而多病的女人，她有一切理由不喜欢这个世界，世人中也没有一个喜欢她；而她正是砍树的罪魁。这个自命博学的蠢女人，她还混在研究《圣经》的行列里，起劲地要对基督教进行一次新式的、合乎道德的改革，对拉瓦特尔的狂热不以为然；她的健康状况糟透了，因此在人世上全无欢乐可言。也只有这样一个家伙，才可能干出砍树的勾当来。你瞧我这气真是平不了啦！试想一想，就因为什么树叶掉下来会弄脏弄臭她的院子，树顶会挡住她的阳光，还有胡桃熟了孩子们会扔石头去打，等等，据说这些都有害于她的神经，妨碍她专心思考，妨碍她在肯尼柯特[①]、塞姆勒[②]和米夏厄里斯[③]之间进行比较权衡。我看见村民们特别是老人如此不满，便问："你们当时怎么竟听任人家砍了呢？"

他们回答："在我们这地方，只要村长想干什么，你就毫无办法。"

可有一点倒也公平：牧师从自己老婆的怪癖中从未得到过甜头，这次竟想捞点好处，打算与村长平分卖树的钱；谁知镇公所知道了说，请把树送到这儿来吧！因为镇公所对长着这两棵树的牧师宅院一直拥有产权，便将它们卖给了出价最高的人。树反正砍倒啦！呵，可惜我不是侯爵！否则我真想把牧师娘子、村长和镇公所统统给……侯爵！……可我要真是侯爵，哪儿还会关心自己领地内的那些树啊？

---

① 肯尼柯特（Benjamin Kennikot, 1718—1783），英国神学家。
② 塞姆勒（Johann Salomo Semler, 1725—1791），德国新教神学家。
③ 米夏厄里斯（Johann David Michaelis, 1717—1791），德国神学家和东方学家。

十月十日

　　每当我看见她那双黑眼睛,我心中便十分快乐!使我感到不安的是,阿尔伯特似乎并不那么幸福,不像他希望……不如我自以为会……要是我……

　　我本不爱用省略号,但在这儿没有其他办法表达自己的意思;即使如此,我想我也说得够清楚了。

十月十二日

　　莪相已从我心中把荷马排挤出去。这位杰出的诗人领我走进了一个何等的世界呵!我漂泊在荒野里,四周狂风呼啸,只见在朦胧的月光下,狂风吹开弥漫的浓雾,现出了先人的幽灵。我听见从山上送来的林涛声中,夹杂着洞穴里幽灵们的咽咽哭声,以及在她的爱人——那高贵的战死者长满青苔的坟茔上哭得死去活来的少女的泣诉。蓦然间,我瞅见了他,瞅见了在荒野里寻觅自己祖先足迹的白发行吟诗人;可他找到的,唉,却只是他们的墓碑。随后,他叹息着仰望夜空中灿烂的金星,发现它正要沉入波涛汹涌的大海,而往昔的时光便活现在他英雄的心中;要知道这和蔼的星光也曾照临过勇士们的险途,这明月也曾辉耀过他们凯旋时扎着花环的战船啊。在白发诗人的额间,我发现了深深的苦闷;我看见这最后一位孤独的伟人,正精疲力竭地向着自己的坟墓蹒跚行去,一边不断地从已故亲人的虚幻无力的存在中吸取令人感到灼痛的欢乐,俯视着冰冷的土地和在狂风中摇曳不定的深草,一边口里呼道:"有个漂泊者将会到来,他曾见过我的美好青春;他将会问:'那位歌手在哪里?芬戈[①]杰出的儿子在哪里?'他的脚步将踏过我的坟头,他将在大地上四处将我寻索,却找不着我。"

啊,朋友!我真愿像一位忠诚的卫士拔出剑来,一下子结果我这位君王的性命,以免除他慢慢死去的痉挛的痛苦,然后再让我的灵魂去追随这位获得解放的半神。

十月十九日

多么空虚啊!我的胸口里觉得可怕的空虚!——我常常想,哪怕你能把她拥抱在胸口一次,仅仅一次,这整个空虚就会填满了。

十月二十六日

是的,好朋友,我将会确信,越来越确信,一个人的生命的价值是很少的,非常非常少!一个女朋友来看绿蒂,我便退到隔壁房间,拿起一本书来读,却读不进去,随后又取过一支笔想写点什么。这当儿,我听见她们在低声交谈,相互报告一些不足为道的

[①] 芬戈(Fingal)相传为3世纪时的苏格兰国王,据说莪相是他的儿子。

事，无外乎谁谁结了婚，谁谁生了病且病得很重之类的本地要闻。

"她现在老是干咳，脸上颧骨这么高，还常常晕倒，我看她是活不长喽。"客人说。

"那个 N.N 的情况也一样糟。"绿蒂应着。

"他已经浮肿了。"客人又讲。

听她俩这么聊着，我在想象中已去到那两个可怜人的病榻前，看见他们如何苦苦挣扎，留恋生命，如何……

可是，威廉呵，我这两位女士却满不在乎地谈着他们，就像谈论一个快死的素不相识者！我环顾四周，打量着我所在的房间，打量着放在这儿那儿的绿蒂的衣物、阿尔伯特的文书，以及这些我现在已经十分熟悉的家具，乃至这个墨水瓶，心里就不禁想：瞧，你现在对这个家庭有多么重要啊！太太重要了！你的朋友们敬重你。你常常带给他们快乐；而你的心里也觉得，似乎离了他们你就活不下去。可是——你要是这会儿走了，从他们的圈子里消失了，他们又将有多久会感到失去你给他们的生活造成了缺陷呢？多久？唉，人生才叫无常呵！他甚至在对自己的存在最有把握的地方，在留下了他存在过的唯一真实印记的地方，在他的亲爱者的记忆中，在他们的心坎里，也注定了要熄灭，要消失，而且如此的快！

十月二十七日

人对人竟如此地缺少价值，一想起来我常常恨不得撕破自己的胸膛，砸碎自己的脑袋。唉，要是我不带来爱情、欢乐、温暖和幸福，人家就不会白白给我；另一方面，就算我心里充满了幸福，也不能使一个冷冰冰地、有气无力地站在我面前的人幸福啊。

同日晚

我纵有再多精力，也会被对她的热情吞噬掉；我纵有再多天赋，没有她一切都将化作乌有。

十月三十日

我已有上百次几乎就要拥抱她了！伟大的主知道，当一个人面前摆着那么可爱的东西而又不能伸出手去攫取时，他心头会多难受。攫取本是人类最自然的欲望。婴儿不总是伸出小手抓他们喜爱的一切么？——可我呢？

十一月三日

上帝知道，我在上床时常常怀着这样一种希冀，是的，有时甚至是渴望：不要再醒来了吧！因此，第二天早上，当我睁开眼睛又见到太阳时，心里便异常难受。唉，要是我在心绪不佳时能怪天气、怪第三者、怪一件没做成功的事情，那也倒好，我身上的难受劲儿定会减少一半。多可悲啊，我的感觉千真万确，一切的过错全在我自己！——不，不是过错。总之，正如一度一切幸福的根源全存在于我本身，现在一切痛苦的根源也在我自己身上。当初，我满心欢喜地到处游逛，走到哪儿，哪儿就变成了天国，心胸开阔得可以容下整个宇宙，难道这个我不是同一个人么？可如今，这颗心已经死去，从中再也涌流不出欣喜之情；我的眼睛枯涩了，再也不能以莹洁的泪水滋润我的感官；我的额头更是可怕地皱了起来。我痛苦之极；我已失去自己生命中唯一的欢乐，唯一神圣的、令我振奋的力量，我用它来创造自己周围的世界的力量。这力量业已消逝！

我眺望窗外远处的山岗，只见日光刺破岗上的浓雾，洒布在下面静静的草地上；在已经落叶的柳丝间，一条蜿蜒曲折的小河缓缓向我流来……呵，要是这如此美好的景色已像一幅漆画似的在我眼前凝滞不动，不能再娱悦我心，使它产生出丝毫的幸福感觉，那我这整个人在上帝面前不就成了一口干涸的水井，一只破底儿的水桶么？我常常扑倒在地，祈求上苍赐给我眼泪，就像一个头顶上是铁青色的天，四周是干裂的土地的农夫在祈雨一样。

但是，唉，我感觉到，上帝绝不会因为我们拼命哀求就赐给我们雨水和阳光！可那些我一回首就使我心里难过的过去的时光，它们为何又如此幸福呢？是因为那时我十分耐心地期待着他的精神来感召我，满怀感激地、专心一意地接受着他倾注到我身上的欢愉。

十一月八日

她责备我不知节制!啊,态度是如此温柔、亲切!说我不该每次一端起酒杯就非喝一瓶不可。

"别这样,"她说,"想想你的绿蒂吧!"

"想!"我反驳道,"还用得着你叫我想吗?我在想啊!——不只是在想!你时刻都在我的心中。今天,我就坐在你不久前从马车上下来的那个地方……"

她引开话题,不让我讲下去。好朋友,我算完了!她想怎样处置我就可以怎样处置。

十一月十五日

我感谢你,威廉,感谢你对我真诚的同情,感谢你的忠告;我请你放心。让我忍受下去吧,我尽管疲惫不堪,仍然有足够的力量支撑到底。我尊重宗教信仰,这你知道;我觉得,它是某些虚弱者的拐杖,奄奄一息者的振奋剂。不过,它难道能够对人人都起这个作用么?必须对人人都起这个作用么?要是你看一看这个广大的世界,你就会发现有成千上万的人,对于他们来说宗教信仰并非如此,而且将来也不会如此,无论是旧教还是新教。难道我就非有宗教帮助不可么?圣子耶稣自己不是说过,只有天父交给他的那些人,才能生活在他周围么?

要是天父没有把我交给他怎么办？要是如我的心所告诉我的，天父希望把我留给自己怎么办？我请你别误解我，别把这些诚心诚意的话看成是讽刺。我是在对你披肝沥胆，否则我就宁可沉默；因为，对于这一切大家和我一样都不甚了然的事情，我是很不乐意开口的。人不是命中注定要受完他那份罪，喝完他那杯苦酒吗？既然天堂里的上帝呷一口都觉得这酒太苦，我为什么就得充好汉，硬装作喝起来甜呢？此刻，我的整个生命都战栗于存在与虚无之间，过去像闪电似的照亮了未来的黑暗深渊，我周围的一切都在沉沦，世界也将随我走向毁灭；在这样可怕的时刻，我还有什么可害羞的呢？那个被人压迫、孤立无助、注定沦亡的木匠之子，他在最后一刻不也鼓足力气从内心深处发出呼喊："上帝啊，上帝！你干吗抛弃我？"[①]那么，我为何就该羞于流露自己的情感，就该害怕这位把天空像手帕一样卷起的神之子尚且不免的一刻呢？

十一月二十一日

她看不出，她感觉不到，她正在酿造一种将把我和她自己都毁掉的毒酒；而我呢，也满怀欣喜地接过她递过来置我于死地的酒杯一饮而尽。为什么她要常常——常常吗？不，也不常常，而是有时候——为什么有时候她要那么温柔地望着我，要

[①] 据基督教圣经载，这是耶稣被钉上十字架快断气时讲的话。

欣然接受我下意识的情感流露,要在额头上表现出对我的痛苦的同情呢?

　　昨天,当我离开时,她握着我的手说:"再见,亲爱的维特!"

　　亲爱的维特!这是她第一次破天荒叫我作亲爱的,叫得我周身筋骨都酥软了。我把这句话重复了无数次,等到夜里要上床睡觉时,还自言自语叨咕了半天,最后竟冒出一句:"晚安,亲爱的维特!"说罢自己禁不住笑起自己来。

十一月二十二日

　　我不能向上帝祈祷:"让她成为我的吧!"尽管如此,我却常常觉得她就是我的。我不能祈祷"把她给我吧",因为她属于另外一个人。我常常拿理智来克制自己的痛苦;可是,一当我松懈下来,我就会没完没了地反驳自己的理智。

十一月二十四日

　　她感觉到了我是多么痛苦。今天她对我的一瞥,深深地打动了我的心。当时我发现只有她一个人在;我沉默无语,她也久久地望着我。如今,我在她身上已见不到动人的妩媚,见不到智慧的光辉;这一切在我眼前业已消失。她现在打动我的,是一种美好得多的目光,是一种饱含着无比亲切的同情、无比甜蜜的怜悯的目光。为什么我不可以跪倒在她脚下呢?为什么我不可以搂住她的脖子,以无数的亲吻来报答她呢？为了避开我的盯视，她坐到钢琴前，伴着琴声，用她那甜美、低婉的歌喉，轻轻唱起了一支和谐的歌。我从来还未看见她的嘴唇如此迷人过；它们微微翕动着，恰似正在吸吮那清泉般从钢琴中涌流出来的一串串妙音；同时，从她的玉口内也发现神奇的回响。是的，要是我能用言语向你说清这情景就好了！我再也忍不住，便弯下腰去发誓说：可爱的嘴唇啊，我永远也不会冒昧地亲吻你们，因为你们是天界神灵浮泛的所在啊！然而……我希望……哈，你瞧，这就像立在我灵魂前面的一道高墙……为了幸福我得翻过墙去……然后下地狱补赎罪过！——罪过？

十一月二十六日

我有时对自己讲："你的命运反正就这样了；祝祷别人都幸福吧——还从来没谁像你这样受过苦哟。"随后，我便读一位古代诗人①的作品，读着读着，仿佛窥见了自己的心。我要受的罪真是太多了！唉，难道在我以前的人们都这样不幸过么？

十一月三十日

不，不，我注定振作不起来了！无论我走到哪里，都会碰见叫我心神不定的事情。比如今天吧！呵，命运！呵，人类！

---

① 指莪相。

正午时分，我沿着河边散步，没有心思回去吃饭。四野一片荒凉，山前刮来阵阵湿冷的西风，灰色的雨云已经窜进峡谷里。远远地，我瞅见一个穿着件破旧绿色外套的人，在岩石间爬来爬去，像是正在采摘野花似的。我走到近旁，他听见脚步声便转过头来，模样十分怪异。脸上最主要的神情是难言的悲哀，但也透露着诚实与善良。黑色的头发用簪子在脑顶别成了两个卷儿，其余部分则编成一条大辫子拖在背后，看衣着是个地位低微的人。我想，他对我去过问他的事是不会见怪的，因此便与他搭起话来，问他找什么。

"找花呗，"他深深地叹了一口气，回答道，"可一朵也找不着。"

"眼下可不是找得到花的季节啊。"我说着微笑了。

"花倒是多得很，"他边讲边向我走下来，"在我家的园子里，长着玫瑰和两种忍冬花，其中一种是我爹送我的，长起来就跟野草一般快；我已经找了它两天，就是找不着。这外边也总开着花，黄的、蓝的、红的，还有那矢车菊的小花儿才叫美呢。不知怎的我竟一朵也找不到……"

我感到有些蹊跷，便绕个弯儿问："你要这些花干吗呢？"

他脸上一抽动，闪过一丝古怪的笑意。

"您可别讲出去啊，"说时他把食指搁在嘴唇上，"我答应要送给我那心上人儿一束花。"

"这很好嘛。"我说。

"嗬，"他道，"她有好多好多别的东西，可富着呐。"

"尽管这样，她还是一定喜欢您这束花。"我应着。

"嗬,"他接着讲,"她有许多宝石,还有一顶王冠。"

"她叫什么来着?"

"唉,要是联省共和国①雇了我,我就会是另一个人啦!"他说,"可不,有一阵子,我过得挺不错。现在不成了,现在我……"他眼泪汪汪地抬起头来望着苍空,其他一切全明白了。

"这么说,您也曾经幸福过?"我问。

"唉,要能再像那时候一样就好喽!"他回答,"那时候,我舒服、愉快、自由自在,就跟水中的鱼儿似的!"

"亨利希!"这当儿一个老妇人喊着,循着大路走来,"亨利希,你在哪儿?我们到处找你,快回家吃饭吧!"

"他是您的儿子吗?"我走过去,问。

"可不,我的可怜的儿子!"她回答,"上帝罚我背了一个沉重的十字架啊。"

"他这样多久了?"我问。

"像这样安静才半年,"她说,"就这样还得感谢上帝。从前他一年到头都大吵大闹的,只好用链子锁在疯人院里。现在不招惹任何人了,只是还经常跟国王和皇帝们打交道。从前,他可是个又善良又沉静的人,能供养我,写得一手好字;后来突然沉思默想起来,接着又发高烧,高烧过后便疯了;现在便是您看见的这个样子。要是我把他的事讲给您听,先生……"

我打断她滔滔不绝的话,问:"他说他曾经有一段时间很自

---

① 联省共和国(die Generalstaaten),即 16 世纪资产阶级革命成功后的尼德兰(今荷兰),当时在德国人心目中是最富有的国家。

在、很幸福,这指的是怎么一个时候呢?"

"这傻小子!"她怜悯地笑了笑,大声说,"他指的是他神志昏乱的那段时间,他常常夸耀它。当时,他关在疯人院里,精神完全失常了。"

这话于我犹如一声霹雳,我塞了一枚银币在老妇人手里,仓皇逃离了她的身边。

"你那时是幸福的呵!"我情不自禁地喊着,快步奔回城去。"那时候,你自在得如水中的游鱼!——天堂里的上帝,难道你注定人的命运就是如此:他只有在具有理智以前,或者在重新丧失理智以后,才能是幸福的么?——可怜的人!但我又是多么羡慕你的精神失常,知觉紊乱呵!你满怀着希望到野外来,为你的女王采摘鲜花,在冬天里!你为采不到鲜花而难过,不理解为什么竟采不到。而我呢,从家里跑出来时既无目的,也无希望,眼下回家去时依然如此。你幻想着,要是联省共和国雇用你,你就将成为一个了不起的人。幸福啊,谁要能把自身的不幸归因于人世的障碍!你感觉不出,感觉不出,你的不幸原本存在于你破碎的心中,存在于你被搅乱了的头脑里;而这样的不幸,全世界所有的国王也帮你消除不了啊。"

谁要嘲笑一个病人到远方的圣水泉去求医,结果反倒使自己的病痛加重,使余生变得更难忍受,谁就不得善终!谁要蔑视一个为摆脱良心的不安和灵魂的痛苦而去朝拜圣墓的人,谁同样不得善终!要知道这个朝圣者,他的脚掌在荆棘丛生的道路上踏下的每一步,对他充满恐惧的灵魂来说,都是一滴镇痛剂;他每坚持着朝前走一天,晚上躺下时心里都会轻松得多。难道你们能把这称作是妄想么,你们这些舒舒服服地坐在软垫子上的清谈家?——妄想!上帝呵,你看见我的眼泪了吧!你已经把人造得够可怜了,难道还一定得再给他一些兄弟,让他们来把他仅有的一点点东西,仅有的一点点对于你这博爱者的信任,也统统夺走么?要知道对于能治百病的仙草的信任,对于葡萄的眼泪①的信任,也就是对于你的信任,相信你能赋予我们周围的一切以治疗疾病和减轻痛苦的力量,而我无时无刻不需要这种力量。我所没有见过面的父亲呵,曾几何时,你使我的心灵那么充实,如今却又转过脸去不再理我!父亲呵,把我召唤到你身边去吧,别再沉默无语;你的沉默使我这颗焦渴的心再也受不了啦!难道一个人,一个父亲,在自己的儿子突然归来,搂住他的脖子喊"我回来了,父亲"时,他还能生气么?别生气,如果我中断了人生旅程,没有如你所希望的那样苦挨下去。举世无处不一个样:劳劳碌碌、辛辛苦苦,而后才是报酬和欢乐;可这于我有何意义?我只有在你所在之处才会得到安适,我愿意到你的面前来吃苦和享乐。而你,仁慈的天父,难道会拒我于门外么?

十二月一日

威廉!我上次信中讲的那个人,那个幸福的不幸者,过去就

---

① 指酒。

是绿蒂的父亲的秘书。他对她起了恋慕之心，先是暗暗滋长着、隐藏着，后来终于表露出来，因此丢掉了差事，结果发了疯。这段话尽管是干巴巴的，但请你体会一下，这个故事是如何震动了我。我之所以写成像您读到的这个样子，因为阿尔伯特就是这样无动于衷地讲给我听的。

十二月四日

我求求你……你听我说吧，我这个人完了，再也忍受不住了！今天我坐在她房里……我坐着，她弹着琴，弹了各式各样的曲子，可支支曲子全都触动了我的心事！全都！全都！……你看怎么办？……她的小妹妹在我怀里打扮布娃娃。热泪涌出我的眼眶。我低下头，目光落在她的结婚戒指上……我的泪水滚落下来……这当儿，她突然弹起那支熟悉而美妙的曲调，我的灵魂顿时感到极大的安慰，往事立刻一件件浮上心头。我回忆起了初次听见这支曲调的美好日子，想到了后来暗淡的时日，想起了最终的不快和失望，以及……我在房里来回急走，心儿紧迫得几乎窒息。

"看在上帝分上，"我嚷道，情绪激动地冲她跑去，"看在上帝份上，别弹啦！"

她停下来，怔怔地望着我！

"维特，"她笑吟吟地说，这笑一直刺进了我心里，"维特，你病得很厉害啊，连自己最喜爱的东西也讨厌起来了。回去吧，我求你安静安静！"

我一下从她身边跑开,并且……上帝呵,你看见了我的痛苦,请你快快结束它吧。

十二月六日

她的形象四处追逐着我!不论我醒着还是做梦,都充满我整个心灵!现在,当我闭上眼睛,在这儿,在聚集着我的内视力的额头中,便显现出她那双黑色的眼眸来。就在这儿啊!我无法向你表达清楚。每当我一阖上眼,它们就出现在这里,在我面前,在我心中,静静地如一片海洋、一道深谷,填满了我额头里的所有感官。

人,这个受到赞美的半神,他究竟算什么!他不是在正好需要力量的当儿却缺少力量么?当他在欢乐中向上飞升,或在痛苦中向下沉沦时,他都渴望自己能融进无穷的宇宙中去,可偏偏在这一刹那,他不是又会受到羁縻,重行恢复迟钝的、冰冷的意识么?

编者致读者

从我们的朋友值得注意的最后几天中,我本来非常希望有足够多的第一手资料留下来,这样,我就没必要在他遗留下来的书信中间再插进自己的叙述了。

我竭尽全力从了解他经历的人们口中搜集确切的事实;他的故事很简单,人们讲的全都大同小异,不一样的只是对当事者们思想性格的说法和评议。

剩下来由我们做的,只是把经过反复努力才打听到的情况认真叙述出来,把死者留下的几封信插入其中,对找到的哪怕一张小纸片也不轻易放过;要知道事情是出在一些异乎寻常的人们中间,所以即使某个单独的行为的真正动机,要想揭示出来也极不容易。

愤懑与忧郁在维特心中越来越深地扎下了根,两者紧紧缠绕在一起,久而久之就控制了他的整个存在。他精神的和谐完全被摧毁了,内心烦躁得如烈火焚烧,把他各种天赋的力量统统搅乱,最后落得个心力交瘁。为了摆脱这苦境,他拼命挣扎,做出了比过去和种种灾祸斗争时更大的努力。内心的忧惧消耗了余下的精神力量,他不再生气勃勃、聪敏机灵,变成了一个愁眉苦脸的客人，因此越发不幸，越不幸又变得越发任性起来。至少阿尔伯特的朋友们是这样讲的；他们认为，维特像个一天就把全部财产花光、晚上只好吃苦挨饿的人，他对终于获得渴望已久的幸福的那个真诚稳重的丈夫，以及他力图在将来仍保持这个幸福的行为，都不能做出正确评价。他们说，阿尔伯特在这么短的一段时间里没有变，他仍然是维特一开始所认识、器重和尊敬的那样一个人。他爱绿蒂超过一切，他为她感到骄傲，希望别人承认她是最最可爱的女性。他不希望自己和她之间出现任何猜疑的阴影，他不乐意和任何人哪怕以最无邪的方式，仅仅在一瞬间共同占有这个宝贝，难道因此就能责怪他不成？他们承认，当有维特在他妻子房中的时候，阿尔伯特常常就走开了；但他这样做不是出于对朋友的敌视和反感，而只是因为他感觉到，他在跟前维特总是显得局促不安。

绿蒂的父亲染了病，只能躺在家里；他给她派来一辆马车，她便坐着出城去了。那是个美丽的冬日，刚下过一场大雪，田野全给盖上了白被。

维特次日一早就跟了去，以便在阿尔伯特不去接绿蒂的情况下，自己陪她回来。

清朗的天气也很少改变他阴郁的情绪，他的心总感觉压抑难受，老有些可悲的景象萦绕在眼前，脑子里不断涌现出一个接一个的痛苦念头。

正如他始终对自己不满一样，别人的情况在他看来也就更加可虑、更加暧昧了。他确信，阿尔伯特夫妇之间的和谐关系已遭破坏，为此他不但自责，还暗暗地埋怨身为丈夫的阿尔伯特。

途中，他的思绪又回到了这个问题上。

"是啊，是啊，"他自言自语说，还暗暗地咬牙切齿，"这就叫亲切的、和蔼的、温柔的、富于同情心的态度！这就叫默默无言的、持久不变的忠诚！不，这是厌倦与冷漠！不是任何一件无聊的琐事，都比他忠实可爱的妻子更吸引他么？他知道珍惜自己的幸福吗？他知道给予她应得的尊重吗？可是，她好歹已是他的人，她好歹……我知道这个，我还知道别的事情；我已惯于这样想，他将使我发疯，他还要结果了我。他对我的友谊经得起考验吗？他不是已将我对绿蒂的眷恋视为对自己权利的侵犯么？将我对绿蒂的关心，视为对他的无声谴责么？我清楚知道，我感觉得出来，他不乐意看见我，而是希望我走，我在这儿已成他的累赘。"

维特一次次放慢脚步，一次次停下来，站着发呆，看样子已打算往回走了。然而，他终究还是继续往前走去，边走边思索，边走边唠叨，最后像是很不情愿地走到了猎庄门前。

他跨进大门，打听老人和绿蒂在哪里，发现屋子里的人都有些激动。最大的一个男孩告诉他，瓦尔海姆那边出了事，一个农民给人打死了！这个新闻没有给维特留下多少印象。他走进里屋，发现绿蒂正在极力劝自己的父亲不要拖着有病的身子去现场调查那件惨案。凶手是谁尚不得而知。有人早上在门口发现了受害者的尸体，估计就是那位寡妇后来雇的长工；她先前雇的那个因心怀不满而离开了。

维特一听马上跳了起来。

"完全可能!"他叫道,"我得去看看,一秒钟也不能等。"

他匆匆忙忙向瓦尔海姆奔去;途中,一桩桩往事又历历在目。他一刻也不怀疑,肇事者就是那个多次与他交谈、后来简直成了他知己的年轻人。

要走到停放尸体的那家小酒馆去,他必须从那几株菩提树下经过。一见这个曾经极为可爱的所在如今已面目全非,他心中不由一震。邻家的孩子们常常坐在上面游戏的那道门槛,眼下是一片血污。爱情与忠诚这些人类最美好的情操,已经蜕变成暴力和仇杀。高大的菩提树没有叶,覆着霜;以前在公墓的矮墙上形成一片穹顶的美丽树篱如今光秃秃的,盖着雪的墓碑便从空隙中突露出来。

正当他走近全村人都聚在跟前的小酒馆的时候,突然腾起一阵喧闹。人们看见远远走来一队武装汉子,便异口同声喊着:"抓到啦!抓到啦!"维特也朝那边望去,顿时便看得一清二楚:是他!是那个爱寡妇爱得发狂的青年长工;前不久,他带着一肚子气恼,垂头丧气地四处徘徊,维特还碰见过他。

"瞧你干的好事,不幸的人呵!"维特嚷叫着,向被捕者奔去。

这人呆呆地瞪着他,先不言语,临了却泰然自若地答道:"谁也别想娶她,她也别打算嫁给任何人。"

犯人被押进了酒馆,维特仓皇离去。

这个可怕的、残酷的经历,猛地震动了他,使他的心完全乱了。霎时间,他像让人从自己悲哀、抑郁和冷漠的沉思中拖了出来,突然为一种不可抗拒的同情心所控制,因而产生了无论如何也要挽救那个人的强烈欲望。他觉得他太不幸了,相信他即使成为罪人也仍然是无辜的。他把自己完全摆在他的位置上,确信能说服其他人同样相信他的无辜。他恨不得立刻为他辩护;他的脑子里已经装满有力的证词;他急匆匆向猎庄赶去,半道上就忍不住把准备向总管陈述的话低声讲了出来。

他一踏进房间,发现阿尔伯特也在场,情绪顿时就低落下来;但是他仍然打起精神,把自己的看法向总管讲了一遍,讲的时候情绪十分激昂。可总管却连连摇头;虽然维特把一个人替另一个人辩护所可能讲的全讲了,而且讲得如此言词恳切、娓娓动听,但结果显而易见,总管仍然无动于衷。他甚至不容我们的朋友把话讲完,就给以激烈的驳斥,责怪他不该袒护一个杀人犯!总管教训他说,依了他一切法律都得取消,国家的安全就得彻底完蛋。最后,总管还补充:在这样的事情上,自己除了负起最崇高的职责,一切按部就班、照章行事以外,便什么都不能干。

维特还是不甘心,不过只是再恳求老人说,希望他在有人帮助罪犯逃跑的情况下,能够睁一只眼闭一只眼!这个请求也遭到总管拒绝。这当儿,阿尔伯特终于插话了,他也站在老头子一边,叫维特再也开不得口。维特怀着难以忍受的痛苦走出房去;在此之前,总管一再告诉他:"不,他没有救了!"

这句话给了他多么沉重的打击,我们可以从一张显然是他当天写的字条看出来。我们在他的文书中找到了这张字条,上面写道:

你没救了，不幸的朋友！我明白，咱们都没救了！

至于阿尔伯特最后当着总管讲的关于罪犯的一席话，维特听了更是反感之极，甚至还以为发现了有几处影射自己的地方。因此，尽管他以自己的聪明，经过反复考虑，不至于看不出这两位的话可能有道理，他却不愿意承认这一点，似乎对他来说，一承认就意味着背弃自己的本性。

从他的文书中，我们还发现另一张字条，与这个问题也有关系，也许它能把维特对阿尔伯特的态度充分泄露给我们吧：

有什么用呢，尽管我反反复复地告诉自己，对自己讲：他是个好人，正派人！可是，我心乱如麻，叫我怎么公正得了呵。

在一个温暖的傍晚，雪已经开始消融，绿蒂随阿尔伯特步行回城去。途中，她东瞅瞅、西望望，像是少了维特的陪伴，心神不定似的。阿尔伯特开始谈他，在指责他的同时，仍不忘替他讲几句公道话。他谈到他那不幸的热情，希望能够想办法让他离开。

"为了我们自己，我也希望这样，"他说，"另外，我请求你，"他接着讲，"想法使他对你的态度改变一下，别让他这么老来看你。人家会注意的；再说据我了解，这儿那儿已有人在讲闲话啦。"

绿蒂默不作声；阿尔伯特似乎品出了她这沉默的味道，至少从此再没对她提起过维特，甚至当她自己再提到维特时，他也立刻打住话头，要不就把话题引到一边去。

维特为救那个不幸者所做的无望的努力，是一股行将熄灭的火苗儿的最后一次闪动；自此，他便更深地沉浸在痛苦与无能为力中。特别是当他听说法庭也许会传他去当证人，证明那个如今矢口否认自己罪行的青年确实有罪的时候，他更是气得快要疯了。

他在实际生活中遭遇的种种不快，在公使馆里的难堪，以及一切的失败，一切的屈辱，这时都统统在他心里上上下下翻腾开来。这一切的一切，都使他觉得自己的无所作为就是应该。他发现自己毫无出路，连赖以平平庸庸地生活下去的本领也没有。结果，他便一任自己古怪的感情、思想及无休止的渴慕驱使，一个劲儿和那位温柔可爱的女子周旋，毫无目的、毫无希望地耗费着自己的精力，既破坏了人家的安宁，又苦了自己，一天一天向着可悲的结局靠近。

下边我编进他遗留下来的几封信。他的迷惘、他的热情、他的无休止的向往与追求，以及他对人生的厌倦，统统将从这几封信中得到有力的证明。

十二月十二日

亲爱的威廉，目前我处于一种坐卧不安的状态，就像人们说的那些被恶鬼驱赶着四处游荡的不幸者一样。有时，我心神不宁；这既非恐惧也非渴望，而是一种内心的莫名狂躁，几乎像要撕裂我的胸脯，扼紧我的喉咙！难过哟，难过哟！于是，我只好奔出门来，在这严冬季节的可怕的夜里瞎跑一气。

昨天晚上，我又不得不出去。其时适逢突然到来的融雪天气，我听见河水在泛滥，一道道小溪在激涨，雪水从瓦尔海姆方向流来，窜进了我那可爱的峡谷里。夜里十一时我跑出家门。只见狂暴的山洪卷起漩涡，从悬崖顶上直冲下来，漫过田畴、草场、园篱和野地里的一切，把开阔的谷地变成了一片翻腾的海洋，狂风同时发出呼啸，那景象可怕极了！尤其是当月亮重新露出脸来，静静地枕在乌云上，我面前的激流在它可怖而迷人的清辉映照下翻滚着、咆哮着，我更是不寒而栗，心中冷不防产生一个欲望！我面对深渊，张开双臂，心里想着：跳下去吧！跳下去吧！要是我能带着自己的不幸和痛苦，像奔腾的山洪似的冲下悬崖峭壁，这将是何等痛快哟！唉，我却抬不起腿来，没有把所有的苦难一举了结的勇气！我的时辰还没有到，我觉着。威廉啊，我真恨不得跟狂风一块儿去驱散乌云，去遏止激流，哪怕得为此付出我的生命！唉，也许连这样的欢乐也不容一个遭受囚禁的人得到吧？

俯瞰着那株我俩曾在下边坐过的老柳树，我心里非常难过——草坪也被水淹了，老柳树也几乎认不了来了，威廉！"还有她家的那些草地，还有她家周围的整个地区！"我想，"我们的小亭子这会儿准让激流毁得面目全非了吧！"想到此，一线往昔的阳光射进我的心田，宛如一个囚人梦见了羊群，梦见了草地，梦见了荣耀的升迁一般！——我挺立着，不再骂自己没有死的勇气。我本该……

唉，我现在又坐在这儿，恰似个从篱笆上拾取烂柴和沿门告化的穷老婆子，苟延残喘、得过且过、毫无乐趣。

十二月十四日

怎么回事，好朋友？我竟害怕起自己来了！难道我对她的爱，不是最神圣、最纯洁、最真挚的爱么？难道什么时候我心中怀有过该受惩罚的欲念么？——我不想起誓……可现在这些梦！呵，那班相信鬼神能跟我们捣乱的人，他们是太正确了！这一夜——讲起来我的嘴唇还在哆嗦——这一夜我把她搂在怀里，紧紧贴在自己心口，用千百次的亲吻堵住她那说着绵绵情话的嘴；我的目光完全沉溺在她那醉意朦胧的媚眼中！主啊，我在回忆这令人销魂的梦境时，心中仍感到幸福，这难道也该受罚么？绿蒂呵，绿蒂呵！——我已经完了！我神志昏乱，八天来一直糊里糊涂，眼睛里满是泪水。我到哪儿都不自在，又到哪儿都感到自在。我无所希望，无所欲求。看起来，我真该走了。

这期间，在上述情况下，辞世的决心在维特的脑子里越来越坚定。自从回到绿蒂身边，他就一直把这看作最后的出路和希望；不过他对自己讲，不应操之过急，不应草率行事，必须怀着美好的信念，怀着尽可能宁静的决心去走这一步。

下面这张在他的文稿中发现的纸条，看来是一封准备写给威廉的信，刚写了开了头，还不曾落日期。从这则残简中，可以窥见他的动摇和矛盾心情：

她的存在，她的命运以及她对我的命运的关切，从我业已干枯的眼里挤压出了最后几滴泪水。

揭开帷幕，走到幕后去吧！一了百了，干吗还迟疑畏缩啊？因为不知道幕后是什么情形么？因为这一去便回不来了么？也许还因为我们的灵智能预感到，那后边只有我们一无所知的黑暗和混沌吧。

维特终于和这个阴郁的念头一天天亲密起来，决心便更坚定、更不可改变了。下面这封他写给自己友人的意义双关的信，提供了一个证明。

十二月二十日

我感谢你的友情，威廉，感谢你对那句话做了这样的理解。是的，你说得对：我真该走了。只是你让我回到你们那儿去的建议，不完全合我的心意；无论如何我还想兜个圈子，尤其是天气还有希望冷一段时间，眼看路又会变得好走起来。我当然很感激你来接我；只是请你再推迟两个礼拜，等接到我的下一封信再说吧。千万别果子没熟就摘呵。而两个礼拜左右可以干很多事情。请告诉我母亲，希望她替自己的儿子祈祷；对于我带给她的所有不快，我求她原谅。我命中注定了，要使那些我本该使他们快乐的人难过。别了，我的好朋友！愿老天多多降福于你！别了！

这段期间绿蒂的心绪如何，她对自己丈夫的感情怎样，对她不幸的朋友的感情怎样，我们都不便下断语；尽管凭着对她个性的了解，我们很可以在私下做出评判，尤其是一颗美丽的女性的心，更可以设身处地，体会她的感情。

唯一肯定的是，她已下定决心，要想一切办法打发维特离开。如果说她还有所迟疑的话，那也是出于对朋友的一片好意和爱护；她了解，这将使维特多么难受，是的，在他几乎就不可能。然而在此期间，情况更加逼迫她认真采取行动；她的丈夫压根儿不肯再提这事，就像她也一直保持着沉默一样，而唯其如此，她便更有必要通过行动向他证明，她并未辜负他的感情。

上面引的那封维特致友人的信，写于圣诞节前的礼拜日。当晚，他去找绿蒂，碰巧只有她一个人在房中。绿蒂正忙着整理准备在圣诞节分送给小弟妹们的玩具。维特说小家伙们收到玩具后一定会高兴得什么似的，并回忆了自己突然站在房门口，看见一棵挂满蜡烛、糖果和苹果的漂亮圣诞树时的惊喜心情。

"你也会得到礼物的，"绿蒂说，同时嫣然一笑，借以掩饰自己的困窘。"你也会得到礼物，条件是你要很听话；比如得到圣诞树上的一支蜡烛什么的。"

"你说的听话是什么意思？"维特嚷起来，"你要我怎么样？我能够怎么样？亲爱的绿蒂！"

"礼拜四晚上是圣诞前夜，"她说，"到时候我的弟弟妹妹和父亲都要来这里，每人都会得到自己的礼品。你也来吧，可是在这之前别再来了。"

维特听了一怔。

"我求你,"她又说,"事已至此,我求你为了我的安宁,答应我吧;不能,再不能这样下去了啊。"

维特转过脸去不看她,自顾自地在房里来回疾走,透过牙齿缝喃喃道:"再不能这样下去了!再不能这样下去了!"

绿蒂感到自己的话把他推进了一个可怕的境界,便提出各式各样的问题来企图引开他的思路,但是没奏效。

"不,绿蒂,"他嚷道,"我再也不会来见你了!"

"干吗呢?"她问。"维特,你可以来看我们,你必须来看我们,只是少来点就行了。唉,你干吗非得生成这么个急性子,一喜欢什么就死心眼儿地迷下去!我求你,"她拉住维特的手继续说,"克制克制自己吧!你的天资,你的学识,你的才能,它们不是可以带给你各种各样的快乐么?拿出男子汉的气概来!别再苦苦恋着一个除同情你外便什么也帮不了你的女孩子。"

维特把牙齿咬得咯吱咯吱响,目光阴郁地瞪着她。绿蒂握着他的手,说:

"快冷静冷静吧,维特!你难道感觉不出,你是在自欺欺人,存心把自己毁掉么!干吗定要爱我呢,维特?我可已是另有所属啊!干吗偏偏这样?我担心,我害怕,仅仅是因为不可能实现,才使这个占有我的欲望对你如此有诱惑力的。"

维特把自己的手从她手里抽回来,目光定定地、愤怒地瞪着她。

"高明!"他喝道,"太高明了!没准儿是阿尔伯特让你这么讲的吧？外交家！了不起的外交家！"

"谁都可能这样讲，"绿蒂回答，"难道世间就没有一个姑娘合你心意了么？打起精神去找吧，我发誓，你一定能找到的；要知道，一些时候以来你自寻烦恼，已经早叫我为你和我们担心了啊。打起精神来！去旅行一下，这将会、一定会使你心胸开阔起来。去找吧，找一个值得你爱的人，然后再回来和我们团聚，共享真正的友谊的幸福。"

"你这一套可以印成教科书，推荐给所有家庭教师哩，"维特冷笑一声说，"亲爱的绿蒂！你让我稍稍安静一下，然后一切都会好了。"

"只是，维特，圣诞节前你千万别来啊！"

他正要回答，阿尔伯特进屋来了。两人只冷冷地道了一声"晚上好"，便并排在房间里踱起步来，气氛十分尴尬。维特开始讲了几句无足轻重的话，但很快又没词儿了。阿尔伯特也一样；随后，他问自己的妻子是否已经把这样那样交给她办的事办妥；一听绿蒂回答还不曾办妥，便冲她讲了几句在维特听来不止冷淡，简直称得上是粗暴的话。维特想走又不能走，迟迟挨挨地一直到了八点钟，心里越来越烦躁，越来越不快。人家已开始摆晚饭，他才拿起自己的帽子和手杖。阿尔伯特邀他留下，他只看作是客套敷衍，冷冷道过一声谢便离开了。

他回到家中，从为他照路的年轻用人手里接过蜡烛，走进卧室里，一进门便放声大哭，过不多会儿又激动地自言自语，绕室狂奔，临了儿和衣倒在床上，直到深夜十一点用人蹑手蹑脚地摸进来问少爷要不要脱靴子，才惊动了他。他让用人替他把靴子脱了，告诉用人明天早上不叫不要进房里来。

礼拜一一大早，他给绿蒂写了一封信。他死后，人们在他的书桌上发现了这封信，信已经用火漆封好，便给绿蒂送去。从行文本身看出，信是断断续续写成的。我也就依其本来面目，分段摘引于后。

已经决定了，绿蒂，我要去死。我在给你写这句话时，并没有怀着浪漫的激情，相反，倒是心平气和，在将要最后一次见到你的今天早上。当你捧读此信的时候，亲爱的，冰冷的黄土已经盖住了我这个不安和不幸的人的僵硬的躯体。他在自己生命的最后一刻所感到的快慰，就是能和你再谈一谈心。我熬过了一个多可怕的夜晚啊；可是，唉，这也是一个仁慈的夜晚！是它坚定了我的决心，使我最后决定去死！昨天，我忍痛离开你时，真是五内俱焚；往事一一涌上心头，一个冷酷的事实猛地摆在我面前：我生活在你身边是既无希望，也无欢乐啊……

我一回到自己房里，就疯了似的跪在地上！上帝呵，求你赐给我最后几滴苦涩的泪水，让我用它们来滋润一下自己的心田吧！在我脑海中翻腾着千百种计划，千百种前景，但最后剩下的只有一个念头，一个十分坚决、十分肯定的念头，这就是：我要去死！我躺下睡了，今儿一早醒来心情平静，可它仍然在那里，这个存在我心中十分强烈的念头：我要去死！——这并非绝望；这是信念，我确信自己苦已受够，是该为你牺牲自己的时候了。是的，绿蒂，我为什么应该保持缄默呢？我们三人中的确有一个必须离开,而我,就自愿做这个人!呵,亲爱的,在我这破碎的心灵里,确曾隐隐约约出现过一个狂暴的想法——杀死你的丈夫!——杀死你!——杀死我自己!

眼下的事就这么定了!可是将来,当你在一个美丽夏日的黄昏登上山岗,你可别忘了我啊,别忘了我也常常喜欢上这儿来;然后,你要眺望那边公墓里我的坟茔,看我坟头的茂草如何在落日的余晖中让风吹得摇曳不定……

我开始写此信时心情是平静的;可眼下,眼下一切都生动实在地出现在我眼前,我又忍不住哭了,像个孩子似的哭了。

将近十点钟,维特叫来他的用人,一边穿外套一边对他讲,过几天他要出门去,让用人把他的衣服刷干净,打点好全部行装。此外,又命令用人去各处结清账目,收回几册借给人家的书,把他本来按月施舍给一些穷人的钱提前一次给两个月。

他吩咐把早饭送到他房里去。吃完饭,他骑着马去总管家;总管不在,他便一边沉思,一边在花园中踱来踱去,像是在最后一次重温以往的种种伤心事。

可是,小家伙们却不让他多安静一会儿,他们追着他、跳到他背上,告诉他:明天,明天的明天,喏,就是再过一天,他们就可以从绿蒂手里领到圣诞礼物了!他们向他描述自己的小脑瓜儿所能想象出来的种种奇迹。

"明天!"维特喊出来,"明天的明天!再过一天!"随后,他挨个儿吻了孩子们,打算要走。这当儿,最小的一个男孩却要给他说悄悄话。他向维特透露,哥哥们都写了许多张美丽的贺年片,挺大挺大的,一张给爸爸,一张给阿尔伯特和绿蒂,也有一张给维特先生;只不过要到新年早上才给他们。维特深为感动,给了每个孩子一点什么,然后才上马,让孩子们代他问候他们的父亲,说完便含着热泪驰去。

将近五点,他回到住所,吩咐女仆去给卧室中的壁炉添足柴,以便火能一直维持到深夜。他还让用人把书籍和内衣装进箱子,把外衣缝进护套。做完这些,他显然又写了给绿蒂的最后一封信的下面这个片断:

你想不到我会来吧!你以为我会听你的话,直到圣诞节前夜才来看你,是不是?呵,绿蒂!今日不见就永远不见了。到圣诞节前夜你手里捧着这封信,你的手将会颤抖,你莹洁的泪水将把信纸打湿。我愿意,我必须!我多快意呵,我决心已定!

绿蒂这段时间的心境也很特别。最后那次和维特谈话以后她就感到,要她和他分手会多么困难,而维特如果被迫离开了她,又会何等痛苦。

她像无意似的当着阿尔伯特讲了一句:"维特圣诞夜之前不会来了。"阿尔伯特于是便骑马去找住在邻近的一位官员,和他了结一些公事,所以不得不就在他家中过夜。

绿蒂独坐房中,身边一个弟妹也没有,便不禁集中心思考虑起自己眼前的处境来。她看出自己已终身和丈夫结合在一起;丈夫对她的爱和忠诚她是了解的，因此也打心眼里倾慕他；他的稳重可靠仿佛天生来作为一种基础，好让一位贤淑的女子在上面建立起幸福生活似的；她感到，他对她和她的弟妹来说真是永远不可缺少的靠山啊。可另一方面，维特之于她又如此可贵，从相识的那一瞬间起，他俩就意气相投；后来，长时间的交往及种种共同经历，都在她心中留下了不可磨灭的印象，她不管感到或想到什么有趣的事儿，都已习惯于把自己的快乐和他一块儿分享；他这一走，必然给她的一生造成永远无法弥补的空虚。呵，要是她能马上把他变成自己的哥哥就好了！这样她会多么幸福啊！——她真希望能把自己的一个女友许配给他，真希望能恢复他和阿尔伯特的友好关系！

她把自己的女友挨个儿想了一遍，发现她们身上都有这样那样的缺点，觉得没有一个配得上维特的。

这么考虑来考虑去，她才深深感觉到自己衷心地暗暗希望着一件事，虽然她不肯向自己明白承认，这就是把维特留给她自己。与此同时，她又对自己讲，这是不可能的、不允许的。此刻，她纯洁、美丽，素来那么轻松、那么无忧无虑的心，也变得忧伤而沉重起来，失去了对于未来幸福的希望。她的胸口感到压抑，眼睛也让乌云给蒙住了。

她这么一直坐到六点半；突然，她听见维特上楼来了。她一下子便听出是他的脚步声和他打听她的声音。她的心怦怦狂跳起来；可以说，她在他到来时像这个样子还是第一次，她很想让人对他讲自己不在；当他跨进房门时，她心慌意乱得冲他叫了一声：

"你食言了!"

"我可没许任何诺言,"维特回答。

"就算这样,你也该满足我的请求呀,"她反驳说,"我求过你让我们两人都安静安静。"

她不清楚自己要说些什么,也不清楚自己要做些什么,糊里糊涂地就派人去把她的几个女友请来,以免自己单独和维特呆在一起。他呢,放下带来的几本书,又问起另外几本书。这时,绿蒂心里一会儿盼着她的女友快来,一会儿又希望她们可千万别来。使女进房回话,有两位没有来,请她原谅。

她想叫使女留在隔壁房里做针线活,但一转念又改变了主意。维特在房中踱着方步,她便坐到钢琴前,弹奏法国舞曲,但怎么也弹不流畅。维特已在他坐惯了的老式沙发上坐下;她定了定神,不慌不忙地坐在他对面。

"你没有什么书可念念吗?"她问。

他没有。

"那边,在我的抽屉里,放着你译的几首莪相的诗,"她又说,"我还没有念它们,一直希望听你自己来念,谁知又老找不到机会。"

维特微微一笑,走过去取出那几首诗;可一当把它们拿在手中,身上便不觉打了个寒颤,低头看着稿纸,眼里已噙满泪花。他坐下,念道:

朦胧夜空中的孤星呵,你在西天发出美丽的闪光,从云朵深处昂起你明亮的头,庄严地步向你的丘岗。你在这荒原上寻觅什么呢？那狂暴的风已经安静，从远方传来了溪流的絮语，喧闹的惊涛拍击岩岸，夜蛾儿成群飞过旷野，嗡嗡嘤嘤。你在这荒原上寻觅什么哟，美丽的星？瞧你微笑着冉冉行进，欢乐的浪涛簇拥着你，洗濯你的秀发。别了，安静的星。望你永照人间，你这莪相心灵中的光华！

在它的照耀下，我看见了逝去的友人，他们在罗拉平原聚会，像在过去的日子里一样。芬戈来了，像一根潮湿的雾柱；瞧啊，在他周围是他的勇士，那些古代的歌人：白发苍苍的乌林！身躯伟岸的利诺！歌喉迷人的阿尔品！还有你，自怨自艾的弥诺娜！我的朋友呵，想当年，在塞尔玛山上，我们竞相歌唱，歌声如春风阵阵飘过山丘，窃窃私语的小草久久把头儿低昂；自那时以来，你们可真变了样！

这当儿，娇艳的弥诺娜低着头走出来，泪眼汪汪；从山岗那边不断刮来的风，吹得她浓密的头发轻扬。她放开了甜美的歌喉，勇士们的心里更加忧伤；要知道他们已一次次张望过萨格尔的坟头，一次次张望过白衣女可尔玛幽暗的住所。可尔玛形影孤单，柔声儿在山岗上唱着歌；萨格尔答应来却没来，四周已是夜色迷茫。听啊，这就是可尔玛独坐在山岗上唱的歌：

可尔玛

夜已来临！我坐在狂风呼啸的岗头，独自一人。山中风声凄厉。山洪咆哮着跃下岩顶。可怜我这被遗弃在风雨中的女子，没有茅舍供我避雨栖身。

月儿呵，从云端里走出来吧！星星呵，在夜空中闪耀吧！请照亮我的道路，领我去我的爱人打猎后休息的地方，他身旁摆着松了弦的弓弩，他周围躺着喘吁吁的狗群。可我只得独坐杂树丛生的河畔，激流和风暴喧啸不已，我却听不见爱人一丝声音。

我的萨格尔为何迟迟不归？莫非他已把自己的诺言忘记？这儿就是那岩石、那树、那湍急的河流！唉，你答应天一黑就来到这里！我的萨格尔呵，你可是迷失了归途？我愿随您一起逃走，离开高傲的父亲和兄弟！我们两个家族世代为仇，萨格尔呵，我俩却不是仇敌！

风啊，你静一静吧！激流啊，你也别发出声息！让我的声音越过山谷，传到我那漂泊者的耳际。萨格尔！是我在唤你哟，萨格尔！这儿是那树，这儿是那岩石，萨格尔，我的亲爱的！我在这儿等了又等，你为何迟迟不来？

瞧，月亮倾泻银辉，溪流在峡谷中闪亮，丘岗上灰色的岩石突兀立起；可丘顶却不见他的身影，也没有狗群报告他的归来。我只得孤零零地坐在此地。

可躺在那下边荒野上的是谁啊，是我的爱人？是我的兄弟？——你们说话呀，我的朋友！呵，他们不回答，徒令我心增忧戚！——啊，他们死了！他们的剑上犹有斑斑血迹！我的兄弟呵，我的兄弟，你为何杀死了我的萨格尔？我的萨格尔呵，你为何杀死了我的兄弟？你们两个都是我的亲人哟！在丘岗旁安息着的万千战死者中，数你最最英俊！可是他在战斗中却可怕无敌。回答我，亲爱的人，你们可已听见我的呼唤！唉，他们永远沉默无言，胸膛已冰凉如泥！

亡灵们呵，你们从丘顶的巨岩上讲话吧！从暴风雨中的山巅讲话吧！我决不会毛骨悚然！告诉我，你们将去哪儿安息！我要到群山中的哪道岩穴里才能找到你们啊？——狂风中，我听不见一丁点儿回音；暴风雨里，我听不见微弱的叹息。

我坐在岗头大放悲声；我等待着黎明，泪雨淅沥。死者的友人们呵，你们掘好了坟墓，但在我到来之前，千万别把墓室关闭。我怎能留下呢？我的生命已消逝如梦，我愿和我的亲人同住在这岩石鸣响的溪畔；每当夜色爬上山岗，狂飙掠过旷野，我的灵魂都要立在风中，为我亲人的死哀泣。猎人在他的小屋中听见我的泣诉，既恐惧又欢喜；要知道我是在悼念自己亲爱的人，声音又怎能不甜蜜！

这就是你的歌啊，弥诺娜，托尔曼的红颜的闺女。我们的泪为可尔玛而流，我们的心为她忧戚。

乌林怀抱竖琴登场，为阿尔品的歌唱伴奏。——阿尔品嗓音悦耳，利诺有火一般的心肠。可眼下他们都已安息在陋室中，他们的歌声已在塞尔玛绝响。有一次乌林猎罢归来，还在英雄们未曾战死的时光。他听见他们在山上赛歌，歌声悠扬却忧伤。他们悲叹领袖群伦的英雄穆拉尔的陨落，说他的宝剑厉害如奥斯卡，他的灵魂高尚如芬戈。但他仍然倒下了，他的父亲悲痛失声，他的姐姐泪流成河，英俊的穆拉尔的姐姐弥诺娜泪流成河。她在乌林唱歌以前便下去了，恰似西天的月亮预见到暴风雨来临，将美丽的脸儿向云里躲藏。我和乌林一同拨响琴弦，伴着利诺悲哀地歌唱。

利　诺

　　风雨已过，雾散云开，天气晴朗，匆匆去来的太阳又照着山岗。溪流红光闪闪，穿过峡谷，淙淙潺潺，笑语欢畅。可我聆听着一个更动人的声音，那是阿尔品的声音，他在痛苦地把死者来歌唱。他衰老的头颅低垂，他带泪的眼睛红肿。阿尔品，杰出的歌手，你为何独自来到这无声的山上？你为何悲声不断，像穿越山林的风，像拍击洋岸的浪？

阿尔品

　　利诺呵，我的泪为死者而流，我的歌为墓中人而唱。在荒野的儿子们中间，在岗头，你是何等英俊魁梧。但你也像穆拉尔一样战死，你的坟上也会有痛哭悲伤。这些山岗将把你忘记，你的弓弩将存放在大厅，从此不把弦张。

　　穆拉尔呵，在这山岗上你曾飞奔如快鹿，狂暴如野火。你的愤怒如可怕的飓风，你的宝剑如荒野的闪电，你的声音如雨后的山洪，如远方山岗上的雷动！多少人曾被你愤怒的烈火吞噬，多少人曾死在你手中，可当你从战斗中归来，额头上又洋溢着宁静！你的容颜如雨后的丽日，如静夜的月亮；你的胸膛呼吸均匀，如风住浪息的海洋！

　　如今，你的居室湫隘、黑暗，你的墓穴长不过三步，而你当初是多么伟大呵！四块顶上长满青苔的石板砌成你唯一的纪念碑，还有无叶的树一株。一茎长草在风中低语，告诉猎人这里就是伟大的穆拉尔的归宿!没有母亲来为你哭泣,没有情人来为你一洒青泪。生育你的莫格兰的女儿,她已经先你亡故。

那扶杖走来的是谁呢?他老得头发已经雪白,他的双眼已经哭得红肿。呵,那是你的父亲,穆拉尔,你是他唯一的儿子!他曾听见你在战斗中高声呐喊,他曾听见你打得敌人四处逃窜;他只听见你如雷的声名,唉,却全不知你身负重伤!痛哭吧,穆拉尔的父亲!痛哭吧,尽管你儿子已听不见你的声音!死者酣睡沉沉,头枕尘埃,充耳不闻你的呼唤,永远不会复生。呵,墓穴中何时才会有黎明,何时才会召唤酣睡者:醒一醒?

别了,人中的最高贵者,沙场无敌的勇士!从此战斗中再见不到你的英姿,幽林间再不会闪过你雪亮的兵刃!你没有子嗣继承伟业,但歌声将使你不朽,后世将听到你,听到战死沙场的穆拉尔的英名。

英雄们个个放声痛哭,阿明更是撕心裂肺地号啕。他悼念他的亡儿,痛惜他青春年华即已早夭。格马尔的君王卡莫尔坐在老英雄身边,问:"阿明呵,你为何在痛哭流涕?是什么叫你大放悲声?且听这声声弦歌,真个叫悦耳迷人!它好似湖上升起的薄雾,轻轻地飘进幽谷,把盛开的花朵滋润;可一当烈日重新照临,这雾呵也就散尽,你为何悲恸伤心呵,阿明,你这岛国哥尔马的至尊?"

"悲恸伤心!可不是吗,我的悲痛真诉说不尽。卡莫尔呵,你没有失去儿子,没有失去如花的女儿;勇敢的哥尔格还健在,天下最美的姑娘安妮拉还侍奉着你。你的家族枝繁叶茂,卡莫尔,可我阿明家却断了后嗣。岛拉呵,你的床头如此昏暗,你已在发霉的墓穴中长眠。什么时候你才会唱着歌醒来？你的歌喉可还是那样美、那样甜？刮起来吧，秋风，刮过这黑暗的原野！怒吼吧，狂飙，在山顶的橡树林中掀起巨澜！明月呵，请你从破碎的云絮后走出来，让我看一看你苍白的脸！你们都来帮我回忆吧，回忆我失去儿女的恐怖夜晚：那一夜，强壮的阿林达尔死了，岛拉，我亲爱的女儿，也未得生还。"

"岛拉，我的女儿，你曾多么美丽！你美丽得如悬挂在弗拉山岗上的皓月，洁白如天空飘下来的雪花，甜蜜如芳馨的空气！阿林达尔，你的弓弩强劲，你的标枪快捷，你的眼光如浪尖上的迷雾，你的盾牌如暴雨里的彤云！"

战争中遐迩闻名的阿玛尔来向岛拉求爱，岛拉没有能长久拒绝。朋友们已期待着那美好的时辰。

奥德戈的儿子埃拉德怒不可遏，他的弟弟曾死在阿尔玛剑下。他乔装成一名船夫，驾来一叶轻舟，他的鬓发已老得雪白，脸色也和悦敦厚。"最最美丽的姑娘啊，"他说，"阿明可爱的女儿！在离岸不远的海里，在鲜红的水果从树上向这儿窥视的山崖旁，阿玛尔在那里等待他的岛拉，我奉命来接他的爱人，带她越过波涛翻滚的海洋。"

岛拉跟着埃拉德上了船，口里不断呼唤阿玛尔：可她除去山崖的鸣响，就再听不见任何回答。"阿玛尔！我的爱人，我亲爱的！你干吗要这样把我恐吓？听一听呵，阿纳兹的儿子！听一听呵，是我在唤你，我是你的岛拉！"

埃拉德这个骗子，他狂笑着逃上陆地。岛拉拼命地喊啊，喊她的父亲,喊她兄长的名字:"阿林达尔!阿明!难道你们谁也不来救救他的岛拉?"

她的喊声从海上传来,阿林达尔,我的儿子立刻从山岗跃下。终日行猎使他性格剽悍,他身挎箭矢,手执强弓,五只黑灰色猎犬紧紧跟随身边。他在海岸上瞧见勇敢的埃拉德,一把捉住他,把他缚在橡树上,用绳子将他的腰身缠了又缠,缚得埃拉德在海风中叫苦连天。

阿林达尔驾着自己的船破浪前进,一心要救岛拉生还。阿玛尔气急败坏赶来,射出他的灰翎利箭,只听嗖地一声,阿林达尔呵,我的儿,利箭射进了你的胸膛!你代替埃拉德丧了命。船一靠岸,他就倒下了。岛拉呵,你脚边淌着你兄长的鲜血,你真是悲痛难言!

这当儿巨浪击破了小船,阿玛尔纵身跃入大海,不知是为救他的岛拉,还是自寻短见。一霎时狂风大作,白浪滔天,阿玛尔沉入海底,一去不返。

只剩我一人在海浪冲击的悬崖上,听着女儿的哭诉。她哭天抢地,我身为她的父亲,却无法救她脱险。我彻夜伫立在岸边,在淡淡的月光里看见她,听着她的呼喊。风呼呼地怒吼,雨唰唰地抽打山岩。不等黎明到来,她的喊声已经微弱;当夜色在草丛中消散,她已经气息奄奄。她在悲痛的重压下死去了,留下了我阿明孤苦一人!我的勇力已在战争里用光,我的骄傲已被姑娘们耗尽。

每当山头雷雨交加,北风掀起狂澜,我就坐在发出轰响的岸旁，遥望那可怕的岩石。在西沉的月影里，我常常看见我孩子们的幽魂，时隐时现，飘飘渺渺，哀伤而和睦地携手同行……

两股热泪从绿蒂的眼中迸流出来，她心里感觉轻松了一些，维特却再也念不下去。他丢下诗稿，抓住绿蒂的一只手，失声痛哭，绿蒂的头俯在另一只手上，用手绢捂住了眼睛。他俩的情绪激动得真叫可怕，从那些高贵的人的遭遇中，他们都体会出了自身的不幸。这相同的感情和流在一起的泪水，使他俩靠得更紧了。维特灼热的嘴唇和泪眼，全落在了绿蒂的手臂上。她猛然惊醒，心里想要站起来离开；可是，悲痛和怜悯却使她动弹不得，她的手和脚如同铅块。她喘息着，哽咽着，请求他继续念下去；她这时的声音之动人，真是只有天使可比！维特浑身哆嗦，心都要碎了。他拾起诗稿，断断续续地念道：

春风呵，你为何将我唤醒？你轻轻抚摩着我的身儿回答："我要滋润你以天上的甘霖！"可是啊，我的衰时近了，风暴即将袭来，吹打得我枝叶飘零！明天，有位旅人将走来，他见过我的美好青春，他的眼儿将在旷野里四处寻觅，却不见我的踪影……

这几句诗的魔力，一下子攫住了不幸的青年。他完全绝望了，一头扑在绿蒂脚下，抓住她的双手，把它们先按在自己的眼睛上，再按在自己的额头上。绿蒂呢，心里也一下子闪过维特会做出什么可怕事情来的预感，神志顿时昏乱起来，抓住他的双手,把它们捺在自己的胸口上,激动而伤感地弯下身子,两人灼热的脸颊便偎在一起了。世界对于他们已不复存在。他用胳膊搂住她的身子,把她紧紧抱在怀中,同时狂吻起她颤抖的、喏嚅的嘴唇来。"维特!"她的声音窒息地喊道,极力把头扭开。"维特!"她用软弱无力的手去推开他和她紧贴在一起的胸。"维特!"她再喊,声音克制而庄重。

维特不再反抗,从怀里放开她,疯了似的跪倒在她脚下。她站起来,对他既恼又爱,身子不住哆嗦,心里更惊慌迷乱,只说:"这是最后一次,维特!你别想再见到我了!"说完,她向这个可怜的人投去深情的一瞥,便逃进隔壁房中,把门锁上了。维特向她伸出手去,却没敢抓住她。随后他仰卧地上,头枕沙发,一动不动地呆了半个小时,直到一些响声使他如梦初醒。是使女来摆晚饭了。他在房中来回踱着,等发现又只有他一个人,才走到通隔壁的房门前,轻声呼唤道:"绿蒂!绿蒂!只要再说一句!一句告别的话!"绿蒂不做声。他等待着,请求着,再等待着,最后才扭转身,同时喊出:

"别了,绿蒂!永别了!"

他来到城门口。守门人已经认熟了他,一句话没问便放他出了城。野地里雨雪交加,直到夜里十一点,他才回家敲门。年轻的用人发现,主人进屋时头上的帽子已经不见了。他一声没敢吭,只侍候维特脱下湿透的衣服。事后,在临着深谷的悬崖上,人家捡到了他的帽子。叫人难以想象的是,他竟能在漆黑的雨夜登上高崖,竟没有失足摔下去。

他上了床，睡了很久很久。翌日清晨，用人听他一唤便送咖啡进去，发现他正在写信。他在致绿蒂的信上又添了下面一段。

最后一次了，最后一次我睁开这双眼睛。唉，它们就要再也见不到太阳，永远被一个暗淡无光、雾霭迷蒙的长昼给遮住了！痛悼吧，自然！你的儿子，你的朋友，你的情人，他的生命就要结束了。绿蒂呵，当一个人不得不对自己说"这是我的最后一个早晨"时，他心中便会有一种无可比拟却最最接近于朦胧的梦的感觉。最后一个！绿蒂呵，我真完全不理解这个什么"最后一个"！难道此刻我不是还身强力壮地站在这儿，可明天就要倒卧尘埃，了无生气了啊？死！死意味着什么？你瞧，当我们谈到死时，我们就像在做梦。我曾目睹一些人怎样死；然而人类生来就有很大的局限，他们对自己生命的开始与结束，从来都是不能理解的。眼下还存在我的、你的！你的，呵，亲爱的！可再过片刻……分开，离别……说不定就是永别了啊！……不，绿蒂，不……我怎么能逝去呢？你怎么能逝去呢？我们不是存在着吗！……逝去……这又意味着什么？还不只是一个词儿！一个没有意义的声音！我才没心思管它哩……死，绿蒂，被埋在冰冷的黄土里，那么狭窄，那么黑暗！……我曾有一个女友，在我无以自立的少年时代，她乃是我的一切。她后来死了，我跟随她的遗体去到她的墓旁，亲眼看见人家把她的棺木放下坑去，抽出棺下的绳子并且扯上来，然后便开始填土。土块落在那可怕的匣子上，咚咚直响；响声越来越沉闷，最后墓坑整个给填了起来！那当儿我忍不住一下子扑到墓前……心痛欲裂，号啕悲恸，震惊恐惧到了极点；尽管如此，我却不明白究竟出了什么事，会出什么事……死亡！坟墓！这些词儿我真不理解啊！

呵，原谅我！原谅我！昨天的事！那会儿我真要死了才好哩。我的天使哟！第一次，破天荒第一次，在我内心深处确凿无疑地涌现了这个令我热血沸腾的幸福感觉：她爱我！她爱我！此刻，我的嘴唇上还燃烧着从你的嘴唇传过来的圣洁的烈火，使我心中不断生出新的温暖和喜悦。原谅我吧！原谅我！

唉，我早知道你是爱我的，从一开始你对我的几次热情顾盼中，在我俩第一次握手时，我便知道你爱我；可后来，当我离开了你，当我在你身边看见阿尔伯特，我又产生了怀疑，因而感到焦灼和痛苦。

你还记得你给我的那些花么？在那次令人心烦的聚会中，你不能和我交谈，不能和我握手，便送了这些花给我；我在它们面前跪了半夜，它们使我确信了你对我的爱啊。可是，唉，这些印象不久便淡漠了，正如一个在领了实实在在的圣体以后内心无比幸福的基督徒，他那蒙受上帝恩赐的幸福感也渐渐会从心中消失一般。

一切都须臾即逝啊，唯有昨天我从你嘴唇上啜饮的生命之火，眼下我感觉它们在我体内燃烧，而且时光尽管流逝，它们却永远不会熄灭。她爱我！这条胳膊曾经搂抱过她，这嘴唇在她的嘴唇上颤抖过，这口曾在她的口边低语过。她是我的！——你是我的！对，绿蒂，你永远永远是我的！

阿尔伯特是你丈夫，这又怎么样呢？哼，丈夫！难道我爱你,想把你从他的怀抱中夺到我的怀抱中来,对于这个世界就是罪孽么?罪孽!好,为此我情愿受罚;但我已尝到这个罪孽的全部甘美滋味,已把生命的琼浆和力量吸进我心里。从这一刻起你便是我的了!我的了,呵,绿蒂!我要先去啦,去见我的天父,你的天父!我将向他诉说我的不幸,他定会安慰我,直到你到来;那时,我将奔向你,拥抱你,将当着无所不在的上帝的面,永远永远和你拥抱在一起。

我不是在做梦,不是在说胡话!在即将进入坟墓之时,我心中更豁亮了。我们会,我们会再见的!我们将见到你的母亲!我们会见着她,找到她,呵,在她面前倾吐我的衷肠!因为你的母亲,她和你本是一个人呀!

将近十一时,维特问他的用人,阿尔伯特是否已回来了。用人回答是的,他已看见阿尔伯特骑着马跑过去。随后,维特便递给他一张没有用信封装的便条,内容是:

我拟出外旅行,把你的手枪借我一用好吗?谨祝万事如意!

可爱的绿蒂昨晚迟迟未能入睡;她所害怕的事情终于证实了,以她不曾预料、不曾担心过的方式证实了。她那一向流得平匀轻快的血液,这时激荡沸腾开来,千百种情感交集着,把她的芳心搅得乱糟糟的。这是维特在拥抱她时传到她胸中的情火的余焰呢,还是她为维特的放肆失礼而生气的怒火?还是她把自己眼前的处境和过去无忧无虑、天真无邪、充满自信的日子相比较，因此心中深感不快呢？叫她怎么去见自己的丈夫？叫她怎么向他说清楚那一幕啊？——她本来完全可以直言不讳地告诉他，可是到底没有勇气。他俩久久相对无言；难道她应该首先打破沉默，向自己丈夫交待那一意外的事件，在这不是时候的时候？她担心哪怕仅仅一提起维特来过，就会给丈夫造成不快，更何况那意想不到的灾难！她不指望她丈夫未必会完全明智地看待这件事，在态度中一点不带成见吧？她能希望丈夫愿意明辨她的心迹吗？然而，另一方面，她又怎么可以对自己丈夫装模作样呢？要知道，在他面前，她从来都像水晶般纯洁透明，从来未曾隐讳，也不可能隐讳自己的任何感情。这样做，她有顾虑；那样做，也有顾虑，处境十分尴尬。与此同时，她的思想还一再回到对于她来说已经失去了的维特身上；她丢不开他，又不得不丢开他；而维特没有了她，便没有了一切。

　　她当时还不完全清楚，那在她和阿尔伯特之间出现的隔膜，对她是个多么沉重的负担。两个本来都如此理智、如此善良的人，开始由于某些暗中存在的分歧而相对无言了，各人都在心头想着自己的是和对方的非，情况便会越弄越复杂，越弄越糟糕，以致到头来变成了一个压根儿解不开的死结。设若他俩能早一些讲清楚，设若他俩之间互爱互谅的关系能早一些恢复，心胸得以开阔起来，那么，在此千钧一发的关头，我们的朋友也许还有救。

　　此外，还有一点特别值得提提。如我们从他的信中所知，维特是从来也不讳言自己渴望离开这个世界的。对这个问题，阿尔伯特常常和他争论，他在绿蒂夫妇之间也不时谈起。阿尔伯特对自杀行为一贯深恶痛绝，不止一次甚至一反常态地激烈表示，他很有理由怀疑维特的这个打算是当真的，并且因此取笑过他几次，也把自己的怀疑告诉过绿蒂。这一方面固然使绿蒂在想到那可能出现的悲剧时宽心了一点，另一方面却又叫她难以启齿，向丈夫诉说眼下苦恼着她的忧虑。

阿尔伯特回到家，绿蒂急忙迎上去，神色颇有些窘；他呢，事情没有办好，碰上邻近的那个官员是个不通情理的小气鬼，心头也不痛快，加之道路很难走，更使他没有好气儿。

他问家中有没有什么事情，绿蒂慌慌张张地回答："维特昨晚来过！"他问有无信件，绿蒂说一封信和一个包裹已放在他房中。他回自己房间去了，又剩下绿蒂一个人。她所爱的和尊敬的丈夫的归来，在她心中唤起一种新的情绪。回想到他的高尚、他的温柔和他的善良，绿蒂的心便平静多了。她感到有一股神秘的吸引力，使她身不由己地要跟着他走去，于是便拿起针线，像往常一样跨进了他的房间。她发现阿尔伯特正忙着开包裹和读信；信的内容看来令人颇不愉快。她问了丈夫几句话，他回答得却很简单，随即就坐在书桌前写起信来。

夫妇俩就这么一起待了一个钟头，绿蒂的心中越来越阴郁。她这会儿才感到，她丈夫的情绪就算好极了，自己也很难把压在心上的事向他剖白。绿蒂堕入了深沉的悲哀之中。与此同时，她却力图将自己的悲哀隐藏起来，把眼泪吞回肚子里去。这更令她加倍难受。

维特的用人一来,她简直狼狈到了极点。用人把维特的便条交给阿尔伯特,他读罢便漫不经心地转过头来对绿蒂道:"把手枪给他,"随即对维特的用人说,"我祝他旅途愉快。"

这话在绿蒂耳里犹如一声响雷。她摇摇晃晃站起来,不知自己在干什么。她一步步挨到墙边,哆哆嗦嗦地取下枪,擦去枪上的灰尘,迟疑了半晌没有交出去;要不是阿尔伯特询问的目光逼着她,她必定还会拖很久很久。她把那不祥之物递给用人,一句话也讲不出来。用人出门去了,她便收拾起自己的活计,返回自己房中,心里却七上八下,说不出有多么忧虑。她预感到种种可怕的事情。因此,一会儿,她决心去跪在丈夫脚下,向他承认一切,承认昨天晚上发生的事,承认她的过错及她的预感;一会儿,她又觉得这样做不会有好结果,她能说服丈夫去维特那儿的希望微乎其微。这时,晚饭已经摆好;她的一个好朋友来问点什么事情,原打算马上走的,结果却留了下来,使席间的气氛变得轻松了一些。绿蒂控制住自己,大伙儿谈谈讲讲,不知不觉时间就过去了。

用人拿着枪走进维特的房间。一听说枪是绿蒂亲手交给他的,维特便怀着狂喜一把夺了过去。他吩咐用人给他送来面包和酒,又让用人去吃饭,自己却坐下写起信来:

它们经过了你的手,你还擦去了上面的灰尘;我把它们吻了一遍又一遍,因为你曾接触过它们。绿蒂呵,我的天使,是你成全我实现自己的决心!是你,绿蒂,是你把枪交给了我;我曾经渴望从你手中接受死亡,如今我的心愿得以满足了!唔,我盘问过我那小伙子;当你递枪给他时,你的手在颤抖,你连一句"再见"也没有讲!——可悲,可悲!连一句"再见"也没有!难道为了那把我和你永远联结起来的一瞬,你就把我从心中放逐出去了么?绿蒂啊,哪怕再过一千年,也不会把我对那一瞬的印象磨灭!我感觉到,你是不可能恨一个如此热恋你的人的。

饭后,维特叫用人把行李全部捆好,自己撕毁了许多信函,随后再出去清理了几桩债务。事毕回到家来,可过不多会儿又冒雨跑出门去,走进已故的伯爵的花园里,在这废园中转来转去,一直流连到了夜幕降临才回家来写信:

威廉,我已最后一次去看了田野,看了森林,还有天空。你也多珍重吧!亲爱的母亲,请原谅我!威廉,为我安慰安慰她啊!愿上帝保佑你们!我的事情已全都料理好。别了!我们会再见的,到那时将比现在多些欢乐。

我对不起你,阿尔伯特,请原谅我吧。我破坏了你家庭的和睦,造成了你俩之间的猜忌。别了!我自愿结束这一切。哦,但愿我的死能带给你们幸福!阿尔伯特,阿尔伯特,使我们的天使幸福吧!你要是做到了,上帝就会保佑你啊!

晚上,他又在自己的文书中翻了很久,撕碎和烧毁了其中的许多。然后,他在几个写着威廉的地址的包裹上打好漆封。包内是些记载着他的零星杂感的短文,我过去也曾见过几篇。十点钟,他叫用人给壁炉添了柴,送来一瓶酒,随即便打发小伙子去睡觉。用人和房东的卧室都在离得很远的后院,小伙子一回去便和衣倒上床睡了,以便第二天一大早就去伺候主人;他的主人讲过,明早六点以前邮车就要到门口来。

夜里十一点已过

周围万籁无声,我心里也同样宁静。我感谢你,上帝,感谢你赐给我最后的时刻以如此多的温暖和力量。

我走到窗前,仰望夜空。我亲爱的人呵,透过汹涌的、急飞过我头顶的乌云,我仍看见茫茫空际中的一颗颗明星!不,你们不会陨落!永恒的主宰在他的心中托负着你们,托负着我。我看见了群星中最美丽的北斗星。每当我晚上离开了你,每当我跨出你家大门,它总挂在我的头上。望着它,我常常真是如醉如痴呵!我常常向它举起双手,把它看成是我眼前幸福的神圣象征和吉兆!还有那……哦,绿蒂,什么东西不会叫我想起你呢?在我周围无处没有你!不是么,我不是像个小孩子似的把你神圣的手指碰过的一切小玩意儿,都贪得无厌地强占为己有么?

这张可爱的剪影画,我把它遗赠给你,绿蒂!请你珍惜它吧,我在它上面何止吻过千次。每逢出门或回家来,我都要向它挥手告别或者致意。

我给你父亲留了一张字条,请他保护我的遗体。在公墓后面朝向田野的一角,长着两株菩提树,我希望安息在那里。你父亲能够，也必定会帮他的朋友这个忙的。希望你也替我求他一下。我不想勉强虔诚的基督徒把自己的躯体安放在一个可怜的不幸者旁边①。唉，我希望你们把我葬在路旁，或者幽寂的山谷中，好让过往的祭司和辅祭能在我的墓碑前祝福，撒马利亚人②能洒下泪水几滴。

时候到了，绿蒂！我握住这冰冷的、可怕的枪柄，心中毫无畏惧，恰似端起一个酒杯，从这杯中，我将把死亡的香醪痛饮！是你把它递给了我，我还有什么可犹豫？一切的一切，我生活中的一切希望和梦想，都由此得到了满足！此刻，我就可以冷静地、无动于衷地去敲死亡的铁门了。

绿蒂啊，只要能为你死，为你献身，我就是幸福的！我愿勇敢地死，高高兴兴地死，只要我的死能给你的生活重新带来宁静，带来快乐。可是，唉，人世间只有很少高尚的人肯为自己的亲眷抛洒热血，以自己的死在他们的友朋中激发起新的、百倍的生之勇气。

我希望就穿着身上这些衣服下葬，因为绿蒂你曾经接触过它们，已使它们变得神圣。就这一点，我也在信上请求了你父亲。我的灵魂将飘浮在灵柩上。别让人翻我的衣袋。这个淡红色的蝴蝶结儿，是我第一次在你弟妹中间见到你时，你戴在胸前的……哦，为我多多地吻孩子们，给他们讲他们不幸的朋友的故事。可

---

① 按基督教教规，自杀乃是叛教行为，自杀者不能葬入公墓。
② 指救死扶伤，典出《路加福音》第十章。

爱的孩子们啊！他们眼下好像还围在我身边哩！唉，我是多么地依恋你呀！自从与你相见，我就再离不开你！……这个蝴蝶结儿，我希望把它和我葬在一起。这还是在我过生日那天，你送给我的哟！我真是如饥似渴地接受了你的一切！没想到，唉，我的结局竟是这样！……镇静一点！我求你，镇静点吧！……

子弹已经上膛……十二点的钟声正敲响！就这样吧！……绿蒂，绿蒂！别了啊，别了！

有位邻居看见火光闪了一下，接着听见一声枪响，但是随后一切复归于寂静，便没有再留意。

第二天早上六点，用人端着灯走进房来，发现维特躺在地上，身旁是手枪和血。他唤他，扶他坐起来；维特一声不答，只是还在喘气。仆人跑去请大夫，通知阿尔伯特。绿蒂听见门铃响，浑身顿时战栗开了。她叫醒丈夫，两人一同起来；维特的年轻用人哭喊着、结巴着，报告了凶信。绿蒂一听便昏倒在阿尔伯特跟前。

等大夫赶到出事地点，发现躺在地上的维特已经没救，脉搏倒还在跳，可四肢已经僵硬。维特对准右眼上方的额头开了一枪，脑浆都迸出来了。大夫不必要地割开他胳膊上的一条动脉，血流出来，可他仍有喘息。

从靠椅扶手上的血迹断定，他是坐在书桌前完成此举的，随后却摔到地上，痛得围着椅子打滚。最后，他仰卧着，面对窗户，再也没有动弹的力气。此刻，他穿的仍是那套他心爱的服装：长统皮靴，青色燕尾服，再配上黄色的背心。

房东一家、左邻右舍及全城居民都惊动了。阿尔伯特走进房来，维特已被众人放到床上，额头扎着绷带，脸色已成死灰，四肢一动不动；只有肺部还在可怕地喘哮着，一会儿轻，一会儿重，大伙儿都盼着他快点断气。

昨夜要的酒他只喝了一杯。书桌上摊开着一本《艾米莉亚·迦洛蒂》①。

关于阿尔伯特的震惊和绿蒂的悲恸，我就不用讲了。

老法官闻讯匆匆赶来，泪流满面地亲吻垂死的维特。他的几个大一点的儿子也接踵而至，一齐跪倒床前，放声大哭，吻了吻他的手，吻了吻他的嘴。尤其是平日最得维特喜欢的老大，更是一直吻着他；直至他断气，人家才把这孩子给强行拖开。维特断气的时间是正午十二点。由于法官亲临现场并做过布置，才防止了市民蜂拥而至。当晚十一点不到，他便吩咐大伙儿把维特葬在他自行选定的墓地里。老人领着儿子们走在维特的遗体后面；阿尔伯特没能来，绿蒂的生命叫他担忧。几名手工匠人抬着维特的棺木，没有一个牧师来给他送葬。

---

① 《艾米莉亚·迦洛蒂》（1772）是德国伟大作家莱辛（Gotthold Ephraim Lessing, 1729—1781）的著名抗暴悲剧。女主人公的父亲是一位军官，他为了不让女儿被暴君玷污，亲手杀死了女儿。

译余漫笔

话说《维特》与"维特热"

约翰·沃尔夫冈·歌德（1749—1832），德国近代杰出诗人、作家、学者和思想家。当今世人公认他为继但丁和莎士比亚之后西方精神文明最卓越的代表；恩格斯称他在自己的领域里是"真正的奥林匹斯山上的宙斯"，是"最伟大的德国人"。他一生辛勤写作，在六十余年的漫长岁月中完成了大量各类题材和体裁的作品，代表作诗剧《浮士德》更被视为自文艺复兴以来"西欧三百年历史的总结"[①]，人类的自强不息精神和光明灿烂前景的壮丽颂歌，"德国人世俗的圣经"[②]，欧洲"现代诗歌的皇冠"[③]。可是，在1832年《浮士德》第二部问世前，也就是说当他还在世的时候，歌德之为歌德，歌德之享誉世界，却在很大程度上由于他24岁时写成的一本薄薄的"小书"——《少年维特的烦恼》（以下称《维特》）。

迄于18世纪70年代，德国文学尽管已出了温克尔曼、莱辛

[①] 冯至等编：《德国文学简史》（上卷），人民文学出版社，1958，第203页。

[②] 海涅：《论浪漫派》，张玉书译，人民文学出版社，1979，第55页。

[③] 弗朗茨·梅林：《弗朗茨·梅林全集》（第10卷），迪茨出版社，1961，第59页。

和克洛卜斯托克等有影响的理论家和作家，但与英、法、意、西等国相比尚处于落后地位，有人甚至视德国为"没有文学的野蛮国度"[①]。是歌德，具体地讲是《维特》，一举改变了这种可悲状态，使一股强劲的"维特热"席卷了整个欧洲。从此，歌德便作为"维特的作者"受到世人景仰，德国文学也提高到了与英法等国并驾齐驱的地位。

《少年维特的烦恼》究竟是怎样一部作品？它何以能产生如此巨大的威力？应该怎样解释"维特热"这一表现了它巨大影响的文学和社会现象？它在我国的介绍和研究情况如何，产生过怎样的影响……？

为探讨这几个在今天仍不无现实意义的问题，本文将对《维特》这部世界名著做一个比较系统和概括的分析介绍。

一、《维特》与歌德

社会生活是文学艺术的源泉；任何文艺家的创作，都与他所接触的那部分社会生活密切相关。具体讲，一位作家写什么书、怎样写，往往取决于他自己的生活经历和思想情感，歌德尤

[①] 据范存忠著《歌德与英国文学》："在18世纪以前，英国人几乎谁都不知道德国是有文学的。哲学家休谟竟把德国人与俄国人并举，以其为野蛮民族。"据杨丙辰著《歌德与德国文学》："英国讽刺诗人斯威夫特（Swift）曾骂德国人为'最愚蠢之民族'，法国人也断定德国人是无文学上的天才的。"（两文均收入宗白华、周冰若成编：《歌德之认识》，南京钟山书局，1933。）

其如此。他晚年回顾自己一生的创作时说，他的所有作品"仅是一部巨大的自白的一个个片段"。《少年维特的烦恼》这部第一人称的书信体小说，则可算是这些"片段"中极为典型和至关重要的一个。它直接而全面地反映了歌德青年时代的生活经历和思想感情；而在歌德一生发展的各个阶段中，他的青年时代（1770—1775）又有着十分突出的意义。要认识歌德，特别是青年歌德，不能不认真读《维特》，倾听他借青年主人公之口所做的"自白"；反之，要深刻理解《维特》，也必须对歌德的有关生活经历进行足够的了解。这样做，不仅可以帮助我们认识作家、理解作品，而且还能使我们窥见《维特》这部杰作形成、产生和取得成功的秘密。

歌德出生在美茵河畔的法兰克福城。18世纪中叶，在处于封建割据状态下名存实亡的"德意志民族的神圣罗马帝国"，这是一座具有相当自治权的帝国自由市。城里手工业和商业已很发达，但仍保持着森严的等级制和其他种种中世纪的封建陋习，如规定平民必须穿不同于贵族的服装以防"僭越"，等等。诗人的祖父是一个从外地来的裁缝，后靠经营旅店起家。诗人的父亲卡斯帕尔·歌德年轻时上过大学，获得博士学位，并曾到法国、意大利和荷兰等国游历。可是，尽管学识渊博，广有家财，他作为一个普通市民仍受着城里占支配地位的贵族社会的蔑视，想以不领薪俸为条件在市政府谋取一官半职而不可得，一气之下便花钱从帝国皇帝卡尔七世处买了个有名无实的皇家顾问头衔。从此他被迫赋闲在家，借收藏书画和用意大利文写游记消磨时日，养成了孤僻、抑郁和固执的脾气。后来，他与家境清寒的市长的长女结了婚,婚后便更多地把精力花在对自己年轻的妻子以及子女的严格教育上。在这样的社会和家庭环境中成长起来的诗人歌德,一方面享受着良好的教养,过着一种无冻馁之虞的悠闲生活;另一方面,也受家庭影响,产生了对腐败的贵族社会和封建等级制的不满。在《诗与真》第 6 卷中有一段话,可很好地说明他少年时代所受的这种影响:

> 对于市里的事,我父亲只能以私人的身份表示关切。他对市政方面这种那种失策的愤慨常常溢于言表。再说,我不是看见他经过那么多钻研、努力、游学和受了种种教养以后,到头来仍得过一种我怎么也不希望过的离群索居的孤寂生活么?这一切,形成了压在我心灵上的一个可怕重负……①

1765 年,16 岁的歌德被送往莱比锡大学学习法律,但他本人的兴趣在文学和绘画方面。歌德三年后因病辍学,并于 1770 年 4 月转到斯特拉斯堡继续学习。斯特拉斯堡地处德法边境,不仅城郊自然环境优美,而且比德国其他地区更快、更多地受到法国启蒙运动新思潮的熏染,是作家、学者及对现状不满的市民青年的荟萃之所。就在这里,歌德结识了当时已蜚声德国文坛的理论家赫尔德尔,在他的引导下读荷马、品达和"莪相"的诗歌,读莎士比亚的戏剧和哥尔斯密的《威克菲特的乡村牧师》(1768

---

① 歌德:《歌德选集》(第 9 卷),汉堡,1964,第 240 页。

等小说,并协助赫尔德尔搜集整理民歌。特别重要的是,歌德在这里接触到了卢梭的"回归自然"的理论和斯宾诺莎的泛神论哲学。他后来在《诗与真》中写道:"对于我起决定性作用,对于我全部思想方式发生巨大影响的思想家就是斯宾诺莎。"[①] 经赫尔德尔和歌德等人共同努力,斯特拉斯堡掀起了德国自宗教改革以来最重要的一次反封建思想解放运动 —— 狂飙突进运动。

1771年8月,歌德获得博士学位,不久后回到故乡,在父亲督促下开了一家律师事务所。可是他很快便把事务所丢给父亲经营,自己却常去附近的城乡漫游。1772年初经友人麦尔克介绍,他参加了达尔姆施塔特城的一个感伤主义者团体,经常与那些见花落泪、对月伤情的时髦男女一起,沉溺在对于友谊和爱情的幻想中,耽读克洛卜施托克和"莪相"的哀歌及斯泰恩的《感伤旅行》(1768)之类的小说。

1772年5月,歌德遵照父命到威茨拉尔的帝国高等法院实习。威茨拉尔是座空气陈腐得令人窒息的小城,帝国高等法院更以办事拖沓而恶名远播。歌德因此把实习的事抛诸脑后,终日悠游于景色宜人的乡间,在那里"研读荷马、品达等人的作品,干他的天赋、他的思想方式和他的心令他感兴趣的事情"[②]。6月9日,在一次乡村舞会上,他结识了天真美丽的少女夏绿蒂·布甫,对她产生了热烈的爱慕。但夏绿蒂已经订婚。尽管她的未婚夫克斯特纳和夏绿蒂一家对歌德都十分友善,他仍因失恋而感到痛苦,终

[①] 歌德:《歌德选集》(第10卷),汉堡,1964,第35页。
[②] 《同时代人通信中的歌德》(第1卷),柏林,1979,第35页。

于在 9 月 11 日不辞而别，回到法兰克福。

关于歌德在威茨拉尔的情况，克斯特纳曾在同年秋天给友人的信中描述如下：

> ……他具有人们称为天才的禀赋，想象力之活跃异乎寻常。他的感情是热烈的。他的思想高贵。他是个很有个性的人。他喜欢小孩子，很会和他们一起玩儿……他想起什么就做什么，不管旁人满意与否，合乎时尚与否，生活方式允许与否。一切勉强都是他所憎恶的……他很敬重卢梭，但不是卢梭的盲目崇拜者……他不进礼拜堂，也不去领圣体，很少祷告。因为，他讲："我还没有虚伪到这样的程度"……[1]

回到故乡以后，歌德久久未能克服心头的苦闷，以致产生了自杀的念头。他在《诗与真》第 13 卷中写道："当时我床边总摆着一把精致而锋利的小刀，每晚熄灯前都要拿起它对着自己的胸口，想试一试能否把刀尖刺几厘米进去。可我这尝试一直没能成功……于是，我决定活下去。"

谁料差不多就在这时，另一个人却把他几经尝试而放弃掉的事完成了。消息传来，歌德大为震惊；因为，自杀者不仅是他早年在莱比锡上大学时就认识的一个叫耶鲁撒冷的青年，出事地点也正好在威茨拉尔，歌德在散步时还常常与他相遇；而且，自杀的主要

---

[1] 《同时代人通信中的歌德》（第 1 卷），柏林，1979，第 35 页。

原因也同为恋慕他人之妻遭到拒斥。这种种情况，不能不令歌德联想到自身的遭遇，对同病相怜的耶鲁撒冷的不幸感觉到了切肤之痛。为了解除自己失恋的痛苦，歌德本已决心作一次"诗的忏悔"；耶鲁撒冷的不幸遭遇刚好为他提供了所缺少的素材。不过，这一决心最后形诸文字，却是整整一年半以后。1774年初，女作家索菲·德·拉罗歇的女儿玛克西米莲娜嫁给一个名叫勃伦塔诺的富商，移居到了法兰克福。歌德从威茨拉尔返回故乡时，曾顺道访问她家，对她颇有好感。如今重逢，两人都甚为欣喜。歌德在当时写给友人的信中说："玛克丝——玛克西米莲娜的爱称——仍是一位天使，生活纯朴高尚，人人都乐于和她亲近；而我对她所怀有的感情，就是我目前生命中唯一的幸福……"[①]

可惜这"唯一的幸福"不久又变成了新的痛苦源泉。勃伦塔诺比玛克西米莲娜大20岁，已是有5个孩子的鳏夫，除去做生意赚钱以外别无所长，却性情急躁而好嫉妒，自然很快对两个年轻人的交往产生疑忌，以致与歌德激烈冲突。这新的不快，狠狠触动了歌德心灵中旧有的创伤，使他感到更加痛苦。为了彻底医治好自己的伤痛，歌德终于愤而提笔，开始了《维特》的写作。

关于这部后来震撼了整个欧洲的小说的诞生情况，歌德在《诗与真》第13卷中写道：

> 没过多久，这件事（指与勃伦塔诺的冲突）便使我觉得

[①] 歌德：《歌德选集》（第6卷），汉堡，1964，第520页。

忍无可忍，一切从类似的尴尬处境中总会产生的不快，似乎都两三倍地压迫着我，我必须痛下决心，才能使自己得到解脱。因苦恋朋友之妻而造成的耶鲁撒冷之死，从梦中把我撼醒，使我不仅对他和我过去的遭遇进行思索，还分析眼下刚碰到的这个令我激动不安的类似事件。如此一来，我正在写的作品便饱含着火热的情感，似乎分不清艺术的虚构与生活的真实。我把自己与外界完全隔绝开来，闭门谢客，集中心思，排除一切无关的杂念。另一方面，我又搜索枯肠，重温我最近那段还不曾写出来的生活，把所有有一点关系的材料统统集中起来使用。这样，在经过那么久和那么多的暗中酝酿以后，我奋笔疾书，四个星期内便完成了《维特》……①

年青的歌德可谓完全进入了创作的狂热和忘我境界，"就像个梦游者似的，在几乎是无意识的状态下写成了这本小册子"，以致当他最后拿起手稿来进行修改润饰时，"自己也感到十分惊异"。②

了解到这些情况，我们就很容易明白《维特》一书何以如此情真意切、感人肺腑；它的主人公一个个何以如此血肉丰满，栩栩生动。亲身的经历感受、长久的酝酿准备、按捺不住的创作冲动、"火热的情感" "集中心思" "搜索枯肠" ……这些就是《维特》的产生过程给我们的启示！

---

① 歌德:《歌德选集》(第 9 卷)，汉堡，1964，第 587 页。
② 同上书，第 588 页。

的确，仅仅读作品本身已经"不能再分辨艺术的虚构与生活的真实"了；两者已有机地融合在一起，成为源于生活而又高于生活、比生活更集中更典型的艺术的真实。只有在把《维特》这部作品与作者歌德的有关生活经历及其他背景材料仔细对比和研究以后，人们才发现：就主要情节而言，小说的前半部（第一编）大致反映了歌德本人在威茨拉尔的经历和思想感情。维特的兴趣爱好和生活方式都与他有许多相似之处，如能诗会画、热爱自然、耽读荷马、亲近小儿，等等；后半部则主要写的是耶鲁撒冷的不幸遭遇，如在贵族聚会中遭轻侮，在公使馆工作受上司挑剔及最后自杀身死，等等。而以人物性格论，维特身上既有青年歌德本人乐观、坚毅和热爱生活的特点，也有耶鲁撒冷抑郁、多愁和厌世轻生的倾向。1808 年 10 月，在歌德家做客的法国演员塔尔马问到他与维特这个人物的关系，歌德便告诉客人："对此问题我总是回答，这是两个人合成了一个形象，两个人中一个沉沦了，另一个却活了下来，以便写出前一个的故事……"[①] 也就是说，歌德是把自己和耶鲁撒冷两者的遭遇和性格合在一起，写出了维特的故事，塑造了维特这个形象。

而为刻画女主人公绿蒂，歌德更是"借助众多漂亮女性的外貌和性格，虽然她的主要特征都是从我最爱的那一个身上摄取来的"。[②] 歌德"最爱的那一个"指夏绿蒂·布甫，但她在成为绿蒂

[①] 歌德：《歌德选集》（第 6 卷），汉堡，1964，第 533 页。
[②] 同上书，第 9 卷，第 593 页。

后,温柔的蓝眼睛换成了玛克西米莲娜明亮的黑眼睛,性格中也融进了后者不少活泼愉快的成分。至于阿尔伯特,他在小说前半部是那样清高善良、豁达大度,到后半部却变得碌碌终日、感情冷冰,原因是克斯特纳已在很大程度上为勃伦塔诺所取代,身上有了更多的市侩习气。

通过以上简单分析,我们看到歌德是如何从现实生活中汲取和选择素材及加工构思情节的;如何在概括现实生活的基础上,抓住主要特征来塑造典型的人物的。在这两个方面,《维特》这部作品应该说为我们提供了不少成功的经验。

诚然,无论故事情节还是人物形象,歌德都做了艺术加工,并添进了一些纯属虚构却合情合理的成分;否则,《维特》也就不成其为小说,不成其为艺术品。可是,就其主要情节和主要人物而言,《维特》也可以说是歌德本人早年一段重要生活的写照。

那么,《维特》与歌德的关系,是否仅仅表现在主要情节和主要人物方面呢?

远不止此。

首先,这本"小本"从头至尾,字里行间,无处不打着青年歌德思想感情的烙印,折射着他从时代和社会所受的各种影响。以渗透全书的反封建精神和感伤情调为例,前者显然与他市民阶级的家庭出身和参加"狂飙突进运动"的经历有关,后者则表现了阅读英国感伤主义文学和在达尔姆施塔特城的交往对他的熏染。总之,《维特》全面反映了歌德的世界观、宗教观、社会观、美学观等,拿他自己的话来说,是他"用自己的心血把那部作品哺育出来的,其中有大量的出自我自己心胸中的东西、大量的情感和思想……"[1] 在这个意义上,《维特》不啻是一把开启青年歌德精神世界的钥匙。

其次,穿插在书中的次要场面和人物,不少也直接或间接地反映着歌德的经历或见闻。此处仅举一例。

维特在1771年7月1日致友人威廉的信中,详细叙述与绿蒂一道访问某乡村牧师家的情景,在读者眼前展现了一幅田园诗般的宁静生活画面。与此同时,作者还借维特之口,谴责牧师女儿弗里德莉克(请注意这个名字)的男朋友施密特——一个以自己的乖僻和嫉妒折磨自己爱人的男子。这样的情节和人物,乍看纯属虚构,其实仍为歌德认识夏绿蒂前的两次恋爱经历的曲折反映:一次是他在斯特拉斯堡与布里翁牧师之女弗里德莉克的热恋,后来他抛弃了这个单纯的姑娘,使她抱恨终生;另一次更早,是他在莱比锡时与酒家女凯特馨·薛恩柯普夫的恋爱,他当时很任性,常常无端地猜忌非难他的情人,致使关系破裂。我们把小说的描写与歌德对这两次恋爱的回忆加以比较便可看出,维特所访问的牧师之家的情景,大体上就是弗里德莉克·布里翁家的情况;维特对施密特的谴责,在很大程度上就是歌德本身在对待他前两位爱人问题上的自责。[2]

---

[1] 爱克曼辑录:《歌德谈话录》,朱光潜译,人民文学出版社,1978,第17页。
[2] 歌德惯于借作品的人物作自我谴责,浮士德、范斯林根、克拉维歌等都是著名的例子。

这个小例子，也说明《维特》与青年歌德的关系多么密切、多么复杂、多么久远。1774年4月26日，他在完成《维特》后不久写给友人拉瓦拉尔的信中说，他与维特"同行了六年之久而不曾相互亲近。可眼下，我已将自己的种种情感灌注在他的故事中，使之成为一个奇妙的整体"。①

"六年之久"，几乎就是歌德的整个青年时代！而在《维特》问世后整整半个世纪的1824年，歌德因魏冈特出版社印行《维特》50周年纪念版写成了《致维特》一诗。《致维特》系《爱欲三部曲》的第一首，表现了歌德晚年再经受一次新的维特式苦恼后的沉痛心情，其中有两句更可算是他对自己与维特之间非同寻常关系的生动概括：

> 我被选中留下，你被选中离去，
> 你先我而去了，却也损失无几……

综全节所述，《维特》这部小说的一大特点就是真。故事情节、人物形象、环境场面及种种细节，大多是从与作者息息相关的现实生活中汲取得来，经过提炼加工而写成功的；主人公维特的思想情感，基本上就是青年歌德自身的思想情感。这种高度的真实性，赋予了《维特》以强烈的感染力，构成了它产生巨大影响的前提。

---

① 歌德：《歌德选集》（第6卷），汉堡，1964，第521页。

二、《维特》的时代精神和思想意义

上一节论证《少年维特的烦恼》直接而全面地反映了歌德青年时代的生活经历和思想情感,是一部以高度真实性为特点的作品。可是能不能因此说,维特就是青年歌德,维特仅仅是青年歌德(或者再加耶鲁撒冷)呢?能不能因此认为,《维特》这部作品的意义和价值,或者说主要价值,仅限于它是研究歌德这位伟大作家的重要依据呢?

显然不能。过去那种把维特与歌德等同起来,把《维特》当作一部"自传体爱情小说",当作"一个意志薄弱者的悲剧"的看法,都不正确。因为,小说主人公尽管有青年歌德和耶鲁撒冷这两个真实的原型,但经过作者写作天才的加工、改造、提高以后,维特已成为一个富于典型性的艺术形象;维特式的追求和烦恼,已不再只是歌德、耶鲁撒冷或者其他某一个人的追求和烦恼;维特不幸的恋爱与社会遭遇,已具有时代的普遍意义。小说围绕着维特与绿蒂的爱情这条情节主线,展示了社会生活的广泛画面,对德国当时的阶级与阶级,同一阶级中不同类型的人与人之间的关系,进行了深刻的剖析,广泛涉及政治、宗教、法律、道德及文化教育等方面的问题。

1775年,《维特》问世不久,狂飙突进运动的重要成员J. M. R.棱茨即指出:"《维特》的功绩在于,它使我们认识了那些我们人人心中都暗暗感到，但却无以名之的热望和感情。"① 德国杰出的马克思主义文艺理论家弗朗茨·梅林也说，《维特》"揭开了沉睡在那个时代深深激动着的心灵里的一切秘密"②。近代丹麦大批评家勃兰兑斯讲得更清楚，他说《维特》的"重要意义在于，它表现的不仅是一个人孤立的感情和痛苦，而是整个时代的感情、憧憬和痛苦"③。所有这些论断，都已强调了《维特》所富有的时代精神；本文则准备进一步探讨一下这种时代精神的具体内容，以及它如何具体地在作品中得到了表现。

《维特》出版于1774年，其时欧洲正面临着一个历史的转折点。古老的封建制度业已衰朽，资产阶级的时代即将来临。经过启蒙运动，他们的阶级意识进一步觉醒，其中青年一代更是思潮翻腾、感情激荡，对仍然限制和压迫着他们的封建制度极为不满，强烈要求改变不合理的现状。可是，在仍牢牢掌握着强大国家机器的封建势力面前，他们一时尚难直接提出政治制度和权力方面的要求，只好以"个性解放""感情自由""恢复自然的社会状态""建立平等的人与人关系"等口号，来表达对于一个符合他们的政治理想和经济要求的新社会的憧憬。这些口号乃是时代的呼唤。它们在法国唤出了1789年大革命的杲杲丽日，在德国也引起了一股持续十余年的思想解放的狂飙。软弱的德国资产阶级

---

① 歌德：《歌德选集》（第6卷），汉堡，1964，第528页。
② 弗朗茨·梅林：《弗朗茨·梅林全集》（第10卷），迪茨出版社，1961，第54页。
③ 勃兰兑斯：《十九世纪文学主流》（第1分册），张道真等译，人民文学出版社，1980，第22页。

在政治上虽远远落后于时代，在意识形态领域却紧紧跟上了前进的步伐。德国的狂飙突进运动便继承和发展了启蒙运动的思想，特别推崇卢梭关于"返归自然"的理论；荷兰哲学家斯宾诺莎的泛神论则构成了狂飙突进运动的哲学基础。歌德作为这一运动的发起者和中坚，受卢梭和斯宾诺莎的影响都非常深。

在这样的历史背景和社会思潮中产生的《维特》，它表现的时代精神即是新兴资产阶级变革不合理的社会现实的理想，即"个性解放""感情自由""返归自然"等。就德国范围内来说，它则鲜明地、集中地体现着狂飙突进运动的精神。

《维特》作为一部小说，当然是通过人物的性格、形象和故事情节来生动而具体地表达思想内容的。下面，我们就结合分析主人公维特的形象来谈谈它如何体现了狂飙突进的时代精神，以及有哪些思想意义。

1. 述说新兴资产阶级怀抱的理想

小说主人公维特是个出身市民家庭的青年。他思想敏锐、感情丰富、才识过人，是一代觉醒的青年知识分子的典型代表。资产阶级关于"个性解放""感情自由""平等博爱"等理想，无不在他的言行和待人接物中得到表现，具体化为对于"自然"的无限信仰和崇奉。在小说开头，维特初到瓦尔海姆，我们就看到他热情地讴歌自然，全身心地投入大自然的怀抱。他视自然为神性之所在，以自然的儿子、朋友和情人自居，甚至渴望能成为无所不在的上帝（即自然）的一面镜子。他亲近处于自然状态的人——纯朴的村民和天真的儿童，自称"离我的心最近的是孩子们"。他重视自然真诚的感情流露，珍惜他的"心"即情感之所在胜于一切，说"我的心才是我唯一的骄傲"，因此也同情，不，简直是崇拜那个全心全意爱着自己女东家的青年长工。他主张艺术皈依自然，视"对自然的真实感受、真实表现"为艺术的生命，认为"只有自然，才能造就大艺术家"。他仰慕来自民间的诗人荷马和"莪相"，向往荷马史诗和《圣经》中所描述的朴素自然的先民生活与平等和睦的人际关系……是的，就连他对绿蒂的一见钟情、一往情深，在很大程度上也出自对自然的崇仰。因为，绿蒂"那么聪敏，却那么单纯；那么坚毅，却那么善良；那么勤谨，却那么娴静"，简直像块无瑕美玉般保持了一个少女全部可爱的自然本性，难怪维特称她是"一位天使"，说他对她的感情不是"喜欢"，更不是"想占有"，而是"全部知觉、全部感情都充满对她的倾慕"。这样一个少女，就是维特关于自然的理想在人身上的最完美的体现。还有他最后的自杀，也被他视为回归自然父亲的怀抱……

维特这种对自然的无限崇仰，淋漓尽致、生动形象地阐发了卢梭和斯宾诺莎的哲学思想与理论，不仅表现着青年歌德本人的世界观、宗教观、社会观、道德观、审美观等，而且更重要的，是曲折地反映了新兴资产阶级变革社会现实的要求。因为，拿"自然"的尺度来衡量，当时的社会制度、宗教信仰、法律道德、教育文化乃至生活习俗等，没有哪一样是合理的，没有哪一样可以继续存在下去。歌德曾为其主将的德国狂飙突进运动，正是以这种对自然的崇仰作为它思想体系的精髓。

在欧洲资产阶级反封建斗争的几百年历史中,先进的思想家们发起了一次接一次运动,提出了一个又一个口号。文艺复兴、宗教改革、启蒙运动以至于狂飙突进运动——这些运动似后浪推前浪,不断冲击着封建制度的闸门。"人道主义""信仰自由""理性""自然"——这些口号也一脉相承,全为着解除封建制度加诸人精神和肉体上的各式各样的束缚。德国的狂飙突进运动,虽然由于阶级基础薄弱而局限在思想文化的范围内,没有像法国的启蒙运动那样引起一场政治大革命,但它在倡导人性解放方面却走得更远。它克服了德国启蒙运动崇尚干枯的理智、抑制个人情感等消极影响,进一步发扬了资产阶级的人道主义理想。狂飙突进的思想家们把人看成是自然最完美的创造,看成是一个独立的存在,要求让人的一切自然本性都得到发展。德国学者可尔夫称这种主张为"自然的人道主义",认为"它是狂飙突进运动的纲领"。[①]

小说《维特》的主人公所向往的,实际上也是能使人的一切自然本性,包括感情、欲望、才能、智慧等都得到充分表现、充分满足、充分施展。所以,他热情奔放,独立不羁,不愿受任何清规戒律的束缚;所以,他鄙视循规蹈矩、理智冷静、善于克制自己感情和欲望的市民;所以,他反对艺术的一切成法定则,痛恨"及早筑起堤防来遏止天才的洪流激涨"的绅士;所以,他厌恶迂腐刻板的官吏和矫揉造作的贵族男女……

一句话,《维特》这部小说通过其主人公立身行事的准则和

[①] 可尔夫:《歌德时代的时代精神》(第 1 卷),莱比锡,1957,第 32 页。

爱憎，极为生动鲜明和深刻集中地表现了带有狂飙突进时代色彩的新兴资产阶级理想，即要求人的自然本性全都得到发展的所谓"自然的人道主义"。

2. 揭示新兴资产阶级的理想与社会现实的矛盾

《维特》表达的要求人的自然本性得到全面而充分地发展的理想，无疑是崇高而美好的，不仅在反封建的斗争中有着明显的作用，而且已超出资产阶级的局限。也正因为如此，它在当时的社会里根本无法实现。《维特》通过其主人公的不幸遭遇，清楚地揭示了妨碍资产阶级人道主义理想实现的内外原因。

原因中最显而易见的，莫过于腐朽顽固的封建势力对于人和人性的压迫。法国大革命前的欧洲，除去荷兰和英国，整体都还处于封建奴役的重轭之下，歌德生活的德国更加可悲。在那里，不仅封建等级制度十分森严，甚至有的地方农奴制依然存在。在那里，任何一个小国的国君都掌握着对其臣民的生杀予夺大权，甚至可以像在席勒的名剧《阴谋与爱情》中所揭露的那样，把他们成千上万地出卖给别的国家当炮灰。在那里，任何一个小贵族都可以对出身市民阶级的人颐指气使，不少市民阶级的知识分子不得已而沦为他们的秘书和家庭教师，处于相当于他们的奴仆的地位，这样可悲的命运甚至连当时的一些大作家和大思想家（如莱辛）也在所难免。直到1772年，在歌德的故乡法兰克福的公共广场上，还重演了一次中世纪的处死"杀婴女"的血腥暴行。在这样的社会里，哪里容得资产阶级实现其"个性解放""感情自由"和"全面地发展人的自然本性"的理想!

维特是个富于自我意识的市民青年,不甘心对人俯首帖耳,自认低人一等,结果在贵族社会中处处碰壁。他虽然卓有才智,却在他当秘书的公使馆中待不下去,因为上司对他的工作、交际以至于写文章的句法、标点等,无不吹毛求疵、横加指责。他无意间来到C伯爵家的聚会,一个个贵族男女便让他饱尝他们那"世袭的傲慢"的滋味,不约而同地要求主人赶他走,然后又把事情张扬出去,闹得满城风雨,使心高气傲的他受到莫大的羞辱和刺激。就连那个除去"一串祖先的名字和可资凭借的贵族地位"便一无所有的破落女贵族,也以自己的外甥女与他交往为耻,使他更是感到痛苦。而造成这一切的原因,都无外乎他是个市民青年。难怪他要发出哀叹:"最令我恼火的是市民阶层的可悲处境。"

贵族阶级的歧视,使维特愤懑不平,以致"曾上百次地抓起刀来,想要刺破自己的胸膛,以舒心中的闷气"。

然而封建势力的压迫和扼杀人性,只是妨碍资产阶级人道主义理想实现的外部原因,市民社会发展本身带来的矛盾,才是注定这一理想必然破灭的深刻内因,对造成维特的烦恼、痛苦和不幸,起了更大的作用。

资本主义社会劳动分工的发展,产生人性的异化;"人"消失了,剩下的只是贪得无厌的资本家和出卖劳动力的工资奴隶。德国资本主义的发展虽远远落后于英、法,但它造成的人性的败坏也很严重;"人"同样消失了,剩下的只是小市民。恩格斯在《德国状况》一文中,把当时的德国形象地比作"只不过是一个粪堆",而德国的资产者"处在这个粪堆中却很舒服,因为他们本身就是粪,周围的粪使他们感到很温暖"。① 这些身处"粪堆"而感到舒服自在的德国资产者,哪里有心思和能力去追求崇高的人道主义理想呢?哪里能支持和容许他们中的少数先进分子去实现这种理想呢?歌德甚至整个狂飙突进运动的可悲处境就是如此。

小说《维特》用了更多的篇幅,从日常生活中揭示主人公理想破灭的这个阶级内因。

首先我们看到,心性高卓的维特不只被贵族阶级视为异己,就在市民社会中也是个孤独者,处处遭人冷眼、白眼。一班庸俗小市民更对他心怀嫉恨,骂他妄自尊大,对他在贵族聚会中受辱一事津津乐道、引以为快。就连他的好友阿尔伯特和另外两个属于知识分子阶层的人,对他的思想言行也不能理解,难怪他经常对阿尔伯特抱怨说:"甚至在日常生活中也一样,只要谁的言行自由一些,清高一些,超乎一般人的想象,你就会听见人家在他背后叫:'这家伙喝多了!这家伙是个傻瓜!'——真叫人受不了。真可耻,你们这些清醒的人!真可耻,你们这些智者!"

实际上,维特骂的"清醒的人",都是些苟且偷安和猥琐昏愦的小市民;他自己,才真正是个觉醒者。

其次,市民的生活和相互关系,更是庸俗虚伪透顶。他们有的心安理得地为贵族阶级效犬马之劳,有的不知羞耻地冒充贵族,

---

① 马克思、恩格斯:《马克思恩格斯全集》(第 2 卷),中共中央马克思恩格斯列宁斯大林著作编译局编译,人民出版社,1957,第 633 页。

逢人便讲自己的"高贵血统和领地"。他们尔虞我诈,"互相抢夺着健康、荣誉、欢乐和休息","成年累月盘算和希冀的只是怎样才能在宴席上把自己的座位往上挪一把椅子",或者在乘雪橇郊游时走在头里。面对着这些现象,维特不禁惊呼:"真不知这是些什么人!"

但是,对人性造成更严重败坏的,却是随资本主义的发展而增强的对于金钱的贪欲。在维特周围的人中,由于争夺财产而相互猜忌、欺骗、坑害以致酿成不幸和仇杀的事例屡见不鲜、不胜枚举。前面我们说过,《维特》不仅仅是一部爱情小说,爱情不过是构成了这部小说借以表达思想的主线情节,这毫无疑义。因此,我们也只举爱情和婚姻方面的几个例子,来说明人性如何为金钱的贪欲所败坏。

例一:绿蒂曾护理过一位重病的女友。女友临终前当着绿蒂的面向丈夫承认,她曾长期从丈夫开的店里偷钱以补家用,原因是丈夫虽富有却悭吝,婚后三十年再未增加给妻子维持家庭用度的钱,尽管他明知一年年家大业大,那点钱早已不够开支。结果,夫妇之间的信任、忠诚和情爱全部荡然无存。

例二:维特与一个青年长工很接近。青年长工热烈而真诚地爱着寡居的女东家,而她对他也非全然无意。但由于她那觊觎她财产的胞弟从中作梗,一对有情人便被拆散了。绝望之下,青年长工杀死了自己的情敌。于是,"爱情与忠诚这些人类最美好的情操,已经蜕变成暴力和仇杀"!

还有,维特与绿蒂的爱情之所以不成功,固然主要是碍于礼法，因为绿蒂已先由母亲许配给了阿尔伯特。但是，在绿蒂方面，却也不无出于实利的考虑。她认为，阿尔伯特的"稳重可靠仿佛天生来作为一种基础，好让一位贤淑的女子在上面建立起幸福生活似的；她感到，他对她和她的弟妹来说真是永远不可缺少的靠山啊"。所以，她虽明知自己与维特更加情投意合，失去维特"必然给她的一生造成永远无法弥补的空虚"，却仍放弃爱情而保持"幸福"，甘为庸庸碌碌、感情冷冰的阿尔伯特之妻，结果也并未得到真正的幸福。这个情节暴露了资产阶级的恋爱和婚姻之间的矛盾。维特呢，也因目睹婚后绿蒂实在不幸福，或者不如他想象的和他在一起那么幸福，因而增加了心中的郁闷和痛苦。

> 青年男子哪个不渴望着爱，
> 妙龄女郎哪个不渴望被爱。
> 爱情是我们最神圣的欲望，
> 啊，为什么竟有惨痛飞迸出来？[①]

为什么？上面的三个例子已从不同的角度予以回答。爱情，这人类"最神圣的"感情和欲望尚且遭到了亵渎和践踏，其他一切更可想而知。读到这里，我们不禁想起革命导师关于爱情、婚姻和家庭的一些著名论断。

[①] 1775年《维特》再版时，歌德于第一编前加了此节序诗，但在以后各版中没再使用。

《共产党宣言》指出:"资产阶级撕下了罩在家庭关系上的温情脉脉的面纱,把这种关系变成了纯粹的金钱关系。"① 恩格斯在《家庭、私有制和国家的起源》一文中说,资产阶级中"真正自由缔结的婚姻只是例外","结婚的充分自由,只有在消灭了资本主义生产和它所造成的财产关系,从而把今日对选择配偶还有巨大影响的一切附加的经济考虑消除以后,才能普遍实现。到那时候,除了相互的爱慕以外,就再也不会有别的动机了"。② 上面举的《维特》中的三个例子,不正好可以作为革命导师这两段话的注脚吗?

除去爱情、婚姻和家庭关系以外,《维特》中还揭露了市民社会其它方面的许许多多虚伪和丑恶的现象。而正是目睹着这些现象,维特心中一天天增加了破灭之感,以致更加厌世轻生的。如果说,贵族阶级的歧视和压迫,曾使维特愤懑不平,一度想"抓起刀来,刺破自己的胸膛,以舒心中的闷气"的话;那么,对市民社会的厌恶和失望,更令他痛心疾首,真的"提早结束了生命的旅程"。

《维特》一书对扼杀人性的封建制度的揭露,无疑是尖刻而有力的;但对败坏人性的市民社会的剖析,却具有更深远的意义和广泛的影响。因为,通过这种剖析,人们可以看清资本主义与生俱来而随其发展还越加严重的痼疾;通过这种剖析,《维

---

① 马克思、恩格斯:《马克思恩格斯选集》(第3版,第1卷),中共中央马克思恩格斯列宁斯大林著作编译局编译,人民出版社,2012,第403页。

② 同上书,第4卷,第93页。

特》的意义和影响才未仅仅局限于半封建的小诸侯专制的德国，才使"那些资本主义较为发达的国家的人们，从维特的命运中也立刻体会到：tua res agitur（拉丁语：这讲的就是你）"①，诚如卢那察尔斯基在为纪念歌德逝世一百周年作的报告中说："歌德的生命快结束的时候，他已开始看出资产阶级社会发展所带来的内在矛盾。"②《维特》对德国市民社会的剖析表明，歌德其实早对这种矛盾有了察觉，只是尚不能像晚年那样站在历史和社会发展的高度认清它的实质，而仅能一般地将其理解为"人生的局限"罢了。

综上所述，《维特》揭示了妨碍资产阶级的人道主义理想实现的内外原因，揭示了这一理想与社会现实之间的矛盾。主人公维特及同时代的所有进步青年的烦恼和苦闷，都产生于这种矛盾之中。这种矛盾，就是恩格斯所说的"横跨在市民的现实和（维特）自己对这个现实所抱的同样是市民的幻想之间的鸿沟"③。

德国学者可尔夫认为，整个歌德时代的德国文学都产生于理想与现实的矛盾，而揭露这种矛盾成为狂飙突进阶段所有作品的"中心题材"和"基本主题"。《维特》通过市民阶级的日常生活深刻地表现了这一"基本主题"，正因为如此，它成了狂飙突进文学中最有代表性和普遍意义的一部杰作。

---

① 卢卡契：《歌德和他的时代》，柏林，1953，第46页。
② 卢那察尔斯基：《论文学》，蒋路译，人民文学出版社，1978，第581页。
③ 马克思、恩格斯：《马克思恩格斯全集》（第4卷），中共中央马克思恩格斯列宁斯大林著作编译局编译，人民出版社，1958，第259页。

3. 对妨碍新兴资产阶级的理想实现的德国社会进行谴责和抗议

恩格斯在谈到青年歌德所生活的那个时代时指出,"这个时代在政治和社会方面是可耻的,但是在德国文学方面却是伟大的……这个时代的每一部杰作都渗透了反抗当时整个德国社会的叛逆的精神……"① 尽管恩格斯只举了歌德《葛兹·冯·柏里欣根》和席勒的《强盗》作为这些杰作的例子,但《维特》毫无疑问也是这样一部渗透着叛逆和反抗精神的作品,只不过它叛逆反抗的性质和方式与前述两部杰作不同罢了。也就是说,维特不只是个觉醒者,还是个叛逆者;他虽不能像葛兹和卡尔·穆尔似的拿起武器来与社会抗争,却在广泛的精神领域里对社会发起了挑战。

与迂腐顽固的贵族男女和浑浑噩噩的小市民相比,维特是一个新型的人,有着完全不同于他们的价值观。贵族阶级的尊荣、资产者的金钱、公使秘书的前程,统统为他所鄙弃,他所一心向往的只是"自然"。他蔑视社会既成的上下尊卑关系,对他的上司公使不肯俯首帖耳,在贵族阶级面前毫无一般小市民的奴颜婢膝之态;他蔑视社会的法律准则,在总管和阿尔伯特面前公开为犯了罪的青年长工辩护,并要求总管"睁一只眼闭一只眼",让他帮助罪犯逃跑;他蔑视社会的礼教规范,在绿蒂婚后仍挚意爱着她;他蔑视公认的宗教信条,不承认天父和人——自然和自然

---

① 马克思、恩格斯:《马克思恩格斯全集》(第 2 卷),中共中央马克思恩格斯列宁斯大林著作编译局编译,人民出版社,1957,第 634 页。

之子之间存在一位所谓救世主耶稣，甚至认为宗教信仰只是"虚弱者的拐杖"，并非人人必需；最后，他明知自杀是一种"叛教"行为，却偏偏在圣诞节前夕自杀身死……这些都是维特对妨碍他实现自己理想的社会的反抗和叛逆。

关于维特的自杀，历来争论很多，《维特》和它的作者歌德都因此受到了很多指责。这个问题对于评价《维特》一书的意义，认识主人公的性格，都极为重要，本文也准备在此略加探讨。

自杀之于维特，主观上乃是一种解脱。在他看来，世界是座"牢狱"，社会是个"囚笼"，人生充满了局限，劳劳碌碌、辛辛苦苦而毫无意义，唯有回到天父的怀抱——自然的怀抱中去，才能得到安适。所以，他"必须怀着美好的信念，怀着尽可能宁静的决心去走这一步"。青年歌德本身也有这样的信念，也有这样的世界观和自然观。因为，在当时腐朽的德国社会里，对于他，"除了死亡，再也没有别的门路通往自然"[1]。晚年，歌德仍时时产生这种消极情绪。1786年，他在写给封·施泰因夫人的一封信上说："我正修改《维特》，并总是觉得作者在写完这本小说后没开枪自杀是很失策的。"[2] 1816年3月26日，他在写给友人泽尔特尔的信中也讲："我真不明白，一个人在青年时代就觉得世界如此荒谬，却怎么能坚持着在这个世界上继续活了四十年？"[3] 1824年，他在《致维特》一诗中又哀叹："你先我而去了，却也损失无几……"

---

[1] 卢那察尔斯基：《论文学》，蒋路译，人民文学出版社，1978，第574页。
[2] 转引自汉斯·波姆：《歌德》，柏林，1950，第66页。
[3] 转引自H.恩默尔：《歌德作品中的世界和厌世情绪》，魏玛，1957，第9页。

但是，维特的死对于社会来说，客观上却是一种谴责和抗议。马克思在1846年发表了一篇叫《珀歇论自杀》的文章，内容是从巴黎警察局档案管理员珀歇的回忆录中所作的有关自杀问题的摘录，以及马克思对它的评注。文章指出，自杀乃是社会机体不完善的症状，在社会发生危机时期，"这种症状就更加明显并具有流行病的性质"。[1]维特这样一个卓有才智、心性高尚而原来又十分热爱生活的青年，他的自杀本身就说明世界的荒谬和社会的不合理。从小说的情节发展可以看出，维特是被社会现实一步步逼着走向死亡的；死亡成了他"最后的出路和希望"，是他逃出那个"牢狱"般的世界的唯一方法。但尽管如此，他在自杀前思想上仍充满矛盾斗争，因为他预感到，在死的帷幕后"只有我们一无所知的黑暗和混沌"。

此外，书中还有两个细节特别明显地强调了维特自杀包含的反抗意义：

一、维特自杀前夕读了莱辛的市民悲剧《艾米莉亚·迦洛蒂》，说明他是把自己的行为与那位为保卫市民的荣誉和反抗暴君而亲手杀死自己女儿的欧托阿多相比的；

二、更重要的是维特早在一年多以前与阿尔伯特的一次谈话中，已把自杀与"一个在暴君残酷压迫下呻吟的民族，他们终于奋起挣断枷锁"的果敢行动相提并论。

当然，维特或者说歌德这种对于自杀的看法，我们今天不

---

[1] 马克思、恩格斯：《马克思恩格斯全集》(第42卷)，中共中央马克思恩格斯列宁斯大林著作编译局编译，人民出版社，1979，第300—317页。

敢苟同。这与他多愁善感、耽于幻想、悲观厌世的性格和心理一样,都反映了德国资产阶级无法以实际行动反抗社会的软弱可悲状态。但是,另一方面,我们也应看到在德国当时的情况下,维特的愤而自杀还表现了他作为资产阶级中的觉醒者的其他性格特征,即眼光锐敏、头脑清晰、愤世嫉俗及宁折不弯,等等。正是这样的性格,使他不能和不愿像庸俗的小市民似的浑浑噩噩、苟且偷生,而宁可一死,与腐朽丑恶的社会彻底决裂。应该说,跟那些身处"粪堆"而"感到很温暖"的德国资产者相比,维特的行动又是勇敢的、高尚的。

与歌德同时代的启蒙主义作家尼柯莱不明白这个道理,为纠正歌德的"错误"写了一部《少年维特的欢乐》,[①] 给维特用以自杀的枪中装了一泡鸡血,让阿尔伯特在维特鸡血喷头后主动把绿蒂让给了他,使有情人终成眷属,结果皆大欢喜。读了尼柯莱的这部小说,歌德在给朋友的信中写了两句诗:"仁慈的上帝呵,保佑我们别经历维特的烦恼,尤其别让我们'享受'他的欢乐吧。"[②]

这两句诗表明了歌德的一个看法,即在当时的社会环境下窝窝囊囊地活着,是比死去更可悲的事。

卢卡契认为:"维特之所以自杀,是因为他丝毫不肯放弃自己的人道主义的革命理想,在理想这类问题上不肯作任何折中妥

---

① 弗利德里希·尼柯莱(1733—1811)是柏林的一位出版家和启蒙运动参加者,他的《少年维特的欢乐》出版于1775年初。

② 见歌德1775年3月致F. H. 雅可比的信,转引自歌德:《歌德选集》(第6卷),汉堡,1964,第526页。

协。他悲剧中的这一宁折不弯的精神,赋予他的死一种美丽的光辉;就是这种光辉,今天构成此书永不凋谢的魅力。"[1] 卢卡契还认为,维特为了美好的理想而死,是与法国大革命中的英雄们为了同一理想而慷慨就义一样悲壮的。笔者觉得,卢卡契对维特自杀的意义似嫌估计过高,因为自杀本身毕竟就是一种有悖自然的消极行为,在今天的读者眼中已不能、也不应构成《维特》一书"永不凋谢的魅力";构成这种魅力的,应该说是维特所追求的全面自由地发展人的一切潜能这一理想本身。

但另一方面,笔者也不赞成把维特的厌世轻生简单地斥为"病态""颓废",等等;因为,正如哈姆雷特的装疯和贾宝玉的出家一样,维特的自杀也是在特定历史和社会条件下不得已而采取的一种反抗行动。

较之尼柯莱,反动统治阶级及其卫道士们的嗅觉更加灵敏,他们从《维特》主人公的思想言论、立身行事及最后愤而自杀中发现了强烈的反叛精神。英国德比郡主教勃里斯托勋爵骂《维特》是"一部极不道德的该遭天谴的书",说歌德"不该让人走向自杀"[2]。因与莱辛论战而恶名昭著的正教牧师哥泽更认为,《维特》一类书乃是杀死亨利四世的拉瓦雅克和刺杀路易十五的达米安似的弑君犯上者之母。[3]

综全节所述,维特不仅是时代的觉醒者,而且是社会的叛

---

[1] 卢卡契:《歌德和他的时代》,柏林,1953,第55页。
[2] 爱克曼辑录:《歌德谈话录》,朱光潜译,人民文学出版社,1978,第218页。
[3] 卢卡契:《歌德和他的时代》,柏林,1953,第50页。

逆者。通过他对现实生活的观察思考、言论行动,不仅述说了法国大革命前欧洲新兴资产阶级怀抱的理想,揭示了这一理想与现实的矛盾,而且对妨碍它实现的社会进行了谴责和抗议。所有这些,都使《维特》一书具有鲜明而强烈的狂飙突进的时代精神,巨大而积极的思想意义。

三、《维特》的艺术特色

作品的思想内容,决定作品的形式;但只有有了恰当的形式,内容才能得到充分表现。《维特》这部作品的成功,证明了内容与形式的这种辩证关系。

论内容,《维特》既无惊心动魄的故事,也无离奇曲折的情节,写的多是日常生活中的现象和事件,以及主人公对这些现象和事件的思考与反应。论格调,《维特》重在揭示主人公的内心,抒写他的情感:或欢欣陶醉,或苦闷不满,或憧憬追求,或愤懑绝望,主观色彩是较重的。这样的内容和格调,显然既不宜于采用擅长表现外部动作和冲突的戏剧与传统小说的写法,也不宜于采用以抒写内心情感见长却无法描写琐屑生活现象的抒情诗形式。青年歌德恰到好处地选取了第一人称书信小说的写法,让主人公像对自己的知心朋友一样,把他的经历见闻和思想情感直接诉诸读者,很好地做到了形式与内容的协调统一。

诚然,书信体小说这种形式并非歌德首创,而是他从当时在德国很流行的理查生的小说《克拉莉莎》(1748)和卢梭的小说《新爱洛绮丝》(1761)学来的。在他之前，德国女作家德·拉·罗歇也已采用过这种形式。不过，歌德把这种体裁用得异常成功，充分发挥了它的优点，而且还有某些发展创造。[①]

歌德把主人公维特致友人威廉和绿蒂的近百封书信及日记片断巧妙地编排在一起，煞有介事地在书前冠以"编者"的引言，中间穿插进若干条注脚，结尾再添上一大段"编者致读者"，把一个原本平淡无奇的故事讲得有声有色、娓娓动听。信中时而叙事，时而写景，时而抒情，时而针砭时弊，大发议论，但都声情毕肖，各尽其妙，读着读着，我们仿佛就变成收信者，眼前出现了主人公的容貌，耳际听见了他的涕泣悲叹，思想感情不由得与他产生强烈的共鸣。至于歌德的同时代人，他们的感受更深。诗人弗斯说："我觉得维特的痛苦就是我自己的痛苦。"[②]约·格·封·齐默尔曼讲："读完第一编就使我激动不已，全部心弦都被它拨动而共鸣起来，以致我不得不休息14天，然后才鼓起勇气一口气读完第二编。"[③]

如此强烈的感染力，显然只有在艺术形式下思想内容完美结合的情况下才能取得。

下面具体谈谈《维特》这部书信体杰作的两点主要艺术特色。

[①] 勃兰兑斯认为《维特》"包含了《新爱洛绮丝》的一切优点，却没有它的任何缺点"。见勃兰兑斯：《十九世纪文学主流》(第1分册)，张道真等译，人民文学出版社，1980，第22页。

[②] 《同时代人通信中的歌德》(第1卷)，柏林，1979，第73页。

[③] 同上书，第97页。

1. 强烈的情感、浓郁的诗意，细致入微的心理刻画

略去前后的"编者说明"不计，《维特》的内容纯系年轻主人公一个人的书简和日记片断，而不像一般书信体作品那样是两个以上人物的相互通信，如《新爱洛绮丝》等，因此也可将其看成一部主人公的内心独白。单这种写法特点，就决定《维特》是一部以心理刻画见长的小说。在信中，维特有时冷静地直接进行自我解剖，比如关于他那颗"心"，他就告诉我们：它如何"时时地战栗着"，如何"变化莫测，反复无常"；他如何"把它当成个病孩儿似的迁就，对它有求必应"。他毫不讳言，他的心"是软弱的，很软弱的"，他自己不幸的根源就在于这颗心；但尽管如此，他却视它为自己"唯一的骄傲"。

通过这样的自白，我们不是已经知道，主人公是个何等多愁善感、心高气傲的青年？不是已经预感到，在严酷的社会现实面前，他这敏感而脆弱的心难免破碎么？

但歌德更多的是让主人公把自己心中热烈的情感尽量倾泻于读者面前。如在1771年5月10日的信中，他一开始便欢呼："一种奇妙的欢愉充溢着我的整个灵魂，使它甜蜜得就像我专心一意地享受着的那些春晨。这地方好似专为与我有同样心境的人创造的；我在此独享着生的乐趣。我真幸福啊，朋友！……"于是，一种置身于美好大自然中的欣喜、温暖、充实、幸福的感情，顿时跃然纸上，感染着读信的人。反之，他在生命即将结束时断断续续写成的绝命书，一开头便悲怆沉痛地宣告："已经决定了，绿

蒂，我要去死……当你捧读此信的时候，亲爱的，冰冷的黄土已经盖住了我这个不安和不幸的人的僵硬的躯体"，接着又表示对生活和爱人的眷恋，恳求绿蒂，"当你在一个美丽夏日的黄昏登上山岗，你可别忘了我呵，别忘了我也常常喜欢上这儿来；然后，你要眺望那边公墓里我的坟茔，看我坟头的茂草如何在落日的余晖中让风吹得摇曳不定……"真可谓愁肠百结，哀婉凄绝。仅这两段例子，就很好地说明了《维特》感情浓烈的特点和书信体小说能直抒胸臆的妙处。

歌德还善于通过细节描写，间接表现主人公的情感，揭示他的内心。尤其是维特对绿蒂的一腔衷肠，书中的描写更为生动。如舞会被突然袭来的暴风雨打断后，绿蒂带领青年们围成一圈做报数游戏，谁报错了就得吃她一记耳光；我们的主人公打心眼儿里高兴的是，绿蒂给他的两下子"比给别人的还要重一些哩"。一句话活画出了一个痴情少年的内心世界！

再如他每次一接到绿蒂的信就放到嘴上吻，结果常常弄得满口沙子；每次出门和回家都向绿蒂的剪影道别、问好等细节，也胜过万语千言，表现了维特对绿蒂的衷心爱慕。书中有不少类似这样缠绵悱恻的描写，反映了当时西欧文学中放纵感情的习尚，未必值得我们今天欣赏和仿效；我们举这些例子，只说明歌德如何善于用生活细节来揭示主人公的内心情感罢了。

《维特》中自然景物的描绘也异常成功，全书一开始对大好春光的赞颂尤其富于感染力。可尔夫认为，德国文学是在《维特》中才真正有了"春天"；与其头几页充溢着春的气息的"图画"相比，包括克洛卜施托克和C. E.克莱斯特在内的所有人作的春天颂歌都显得黯然失色。[①] 而且，《维特》的写景状物同样起着烘托情感、宣泄内心的作用。请看，维特初到瓦尔海姆时正值万物兴荣的五月，离开和再回来时已是落木萧萧的初秋，在他行将谢世时则到了雨雪交加的仲冬——时序的更迭与自然景物的变化，与主人公由欢欣而愁苦以至于绝望的心理发展过程，有多么吻合。

荷马史诗和"莪相"哀歌的情节、意境，也恰到好处地安排、穿插在故事的发展线索中。前者的宁静、朴素、明朗，后者的感伤、朦胧、诡奇，都有力地渲染了小说前后两部分不同的情调和气氛，主人公的心境变迁也因此更明显。"春风呵，你为何将我唤醒？……可是啊，我的衰时近了，风暴就要袭来，将刮得我枝叶飘零！……""莪相"的这几句哀歌，由行将永别人世的维特念出来，不正是他自己凄怆心境和悲惨命运的写照吗？

上述所有手法，直抒胸臆、冷静自白也好，细节描写、景物烘托也罢，都不仅起到深刻细腻地刻画主人公内心世界的作用，而且赋予了《维特》这部小说以浓烈的感情和沛然的诗意，使书中的山川草木（比如维特一再提到的那座井泉）都蒙上了奇异的感情色彩，呼吸着馥郁的诗的气息，显得神奇非凡而引人遐思。人们常称赞《维特》是一篇优美的"散文诗"，看来很有道理。

[①] 可尔夫：《歌德时代的精神》（第1卷），莱比锡，1957，第29页。

2. 灵活的结构，精当的剪裁，含蓄有力的语言

《维特》名为长篇小说，实际只有一百多页，充其量不过一部长一点的中篇小说。但是，它除了写维特个人不幸遭遇的始末和内心变迁，还展现了从城市到农村、从贵族阶级到市民社会的广阔而复杂的社会生活。如此多的内容，倘使没有适当的结构形式，显然很难装进像《维特》这样一本"小书"里去的。

《维特》的结构非常灵便。它以主人公的经历为线索，把近百封书信串了起来，信与信的内容不一定衔接，写信时间的相隔也有长有短，每封信的内容更可少可多。这样，情节就跳跃式地展开，既省却了许多过渡性笔墨，也留给读者驰骋想象的空间，无形中增大了作品的内蕴。那些较长的信中，却又不乏对社会生活如实而生动的描写，如维特为农家小孩画像的场面，维特眼中所见绿蒂分面包给弟妹们的场面，乡村舞会和青年男女在一起做游戏的热闹情景，乡村牧师家的宁静生活，维特与绿蒂的月夜林中话别等，都是很好的例子。此外，还有对于世态人情鞭辟入里的揭露，那个克扣自己妻子的吝啬鬼的故事，那班腐败发霉的贵族男女聚会的场面，维特与一个妄图在大冷天的野外采到鲜花的疯子的对话等，莫不如此。前者宛如一颗颗晶莹圆润的珍珠，后者恰似一粒粒尖锐锋利的金刚钻，一样都那么美不胜收、悦目耐看。它们彼此虽然并无直接和紧密的关系，但一经主人公的遭遇这根情节主线的金丝串联起来，便疏密有致、交相辉映，构成了一件臻于完美的艺术杰作和精品。《维特》的这种结构实在是灵

活巧妙，既重视了线，又照顾了点和面。

《维特》的剪裁极为严格、经济，大至一个事件、一个场面、一个人物，小至一个细节、一泉一石、一木一草，都是为刻画主人公的性格形象和阐明主题思想服务的。且以维特书信中最长和最短的一封为例。

前者是他1771年6月16日给威廉的信，全长不过六七千字，却详述了维特对绿蒂产生爱情的全过程：从素不相识到略有所闻，从略有所闻后无动于衷到产生好感，从产生好感到热烈爱慕以至于神魂颠倒，可谓层层深入、细腻动人，而且还顺带描写了绿蒂的家庭情况，年轻人聚会的活泼场面，暴风雨突然袭来和雨过天晴的壮丽景色，等等。这封内容丰富的信，是全书情节的基础，起着至关重要的作用；说它长，只是相对而言。

书中最短的一封信写于1772年6月16日，"碰巧"——这种表现了作者匠心的"碰巧"远不止此一处——是在写那封最长的信一年之后。此信总共只有一句感叹，一句诘问：

　　唉，我不过是个漂泊者，是个在地球上来去匆匆的过客！难道你们就不是么？

这一叹一问，道出了维特的多少苦闷、辛酸，宣泄了他对人世的多少绝望、不满！而联系着前边那封充溢着生气的长信来读，我们更可看出维特一年来的变化有多么地大呵！

这同一封信，也可说明歌德语言的含蓄精练。不过，叙事行文的简洁含蓄这个特点,却更集中地表现在"编者致读者"的冷静纪实中。例如,对维特最后一次离开绿蒂后的痛苦情状,书中仅有如下粗线条的交代:

> 他来到城门口。守门人已经认熟了他,一句话没问便放他出了城。野地里雨雪交加,直到夜里十一点,他才回家敲门。年轻的用人发现,主人进屋时头上的帽子已经不见了。他一声没敢吭,只侍候维特脱下湿透的衣服。事后,在临着深谷的悬崖上,人家拣到了他的帽子。

这一段百来字的白描,看似平平淡淡,实则内涵丰富,留下了很多让读者自己用想象去填补的空白,比用一大串诸如"神思恍惚""痛不欲生""雨夜在危崖深涧狂奔""回到家中面色怕人"之类的刻意描绘和渲染,更加形象,更堪玩味。

又如,全书结尾写维特死后下葬的情形,更简洁含蓄到了无以复加:

> 老人领着儿子们走在维特的遗体后面;阿尔伯特没能来,绿蒂的生命叫他担忧。几名手工匠人抬着维特的棺木,没有一个牧师来给他送葬。

寥寥数语,隐藏着无数的潜台词,我们读完禁不住会向自己提出一个又一个为什么,把维特与来送葬及没来送葬的各种人的关系都思考一遍，咀嚼回味全书的内容，直到悟出这个似乎漫不经心地写出的结尾的深刻含义。有学者认为，这几句话"就像榔头敲击棺木似的"咚咚有声，"歌德从此以后再不曾写出如此沉重有力的句子"。①

歌德曾对爱克曼说，《维特》包含着他"大量的情感和思想，足够写一部比此书长十倍的长篇小说"②。从《维特》的结构严谨、剪裁精当和行文含蓄看，歌德这话并非夸大。

上述两方面的优点，再加上丰富多彩的典故、生动新奇的比喻等，使《维特》这部"小书"的形式十分恰当和成功，因此具有了格外巨大的艺术魅力。

四、《维特》的社会影响和历史地位

《维特》写成于1774年初，同年秋天在莱比锡匿名出版。现在流行的一般是1786年的修订本。与原本相比较，修订本增加了那个不幸的青年长工的故事，把此前显得庸俗而冷酷的阿尔伯特的形象改得和缓了一些，加强了对绿蒂矛盾心情的揭示，对语言也作了一些润饰。③

诚如歌德所希望的那样，他通过写《维特》摆脱了痛苦而狂乱的心境，自称"像办完了一次总告解一样，心里又感觉愉快而

---

① 弗里登塔尔：《歌德的生平及时代》，德国袖珍书出版社，1977，第164页。
② 爱克曼辑录：《歌德谈话录》朱光潜译，人民文学出版社，1978，第17页。
③ 这方面的修改主要集中在第二部分的"编者致读者"中。

自由，因此获得了一种新生活的权利"[1]。有人说，"维特救了浮士德"[2]，我以为不妨讲是维特救了歌德。试想，要是歌德不曾克服他早年的精神危机，又哪来日后的伟大成就？

可是，《维特》这本"小书"产生的空前巨大的社会影响，却是作者万万不曾料到的。

《维特》问世后当即风靡了德国和整个欧洲，"一夜之间，主人公维特便成了几代人崇拜的偶像"[3]。人们不仅争相读它，而且纷纷模仿主人公的言论思想、风度举止、穿戴打扮，青衣黄裤的维特装于是风行一时。原本冷冷清清的耶鲁撒冷的墓地突然变得热闹起来，成了维特的同情者和崇拜者们凭吊和聚会的场所，而"拒不为维特送葬的牧师"，则遭到了千千万万人的唾骂。人们对维特的故事深信不疑，甚至"有几个傻瓜突发奇想，趁此机会也开枪自杀"[4]，而且在这样做时还把《维特》翻开来摆在桌子上，精心地模仿着小说主人公自杀时的姿势……

但对《维特》的问世最感欢欣鼓舞并真正理解它的，却是当时积极参加狂飙突进运动的青年作家们。弗·亨·雅可比一口气把它"反反复复读了三遍"，施托贝格夫人"很快就背熟了我的《维特》"，威廉·洪堡"彻夜不眠"地读它[5]。进步诗人舒巴尔特

---

[1] 歌德：《歌德选集》（第6卷），汉堡，1964，第588页。

[2] 可尔夫：《歌德时代的精神》（第1卷），莱比锡，1957，第259页。

[3] R. 勒陶：《少年维特的烦恼》，载《时代文库一百题》，苏尔坎普出版社，第100页。

[4] 海涅：《论浪漫派》，张玉书译，人民文学出版社，1979，第23页。

[5] 歌德：《歌德选集》（第6卷），汉堡，1964，第522页、526页、531页。

在一篇评论里写道:"我怀着激动的心情坐在这儿,心口怦怦直跳,狂喜而痛苦的泪水滴答滴答地往下淌,因为——我告诉你吧,读者——我刚刚读完我亲爱的歌德的《维特》……读吗?不,吞噬!我想评论它吗?要是我真这样做了,我这人就没有心肝……我宁肯终身贫困,一辈子睡干草、饮清水、吃草根,也不愿失去体察这位多情善感的作家心曲的机会……"[1]

是否只有青年一代才这么如醉如痴地读这部小说?不是,在它的推崇者中,还有德高望重的德国大诗人克洛卜施托克,还有瑞士神学家拉瓦特尔和德国教育改革家巴塞多夫,以及法国叱咤风云的拿破仑一世皇帝。后者读《维特》竟达七遍之多,并于1808年在埃尔福特会见歌德时与他畅谈这本书达数小时之久,足见其对它的喜爱与重视非同一般。

反之,封建统治阶级及其形形色色的卫道士则站在反动立场上,视《维特》为大逆不道,诬指它为"淫书""危险的书""不道德的书""该遭天谴的书",等等。牧师们从布道的讲坛上猛烈攻击它,德国的一些地方和丹麦都禁止它发行,它的意大利文译本一出现在米兰即被教会搜去全部销毁。甚至维特装也变成了危险之物,直到1825年,莱比锡还明令禁止人穿这种"奇装异服"招摇过市。

尽管如此,这些仍阻止不了《维特》流传和产生巨大影响。在德国,《维特》不到两年便重印了十六次,各种各样的模仿、

---

[1] 歌德:《歌德选集》(第6卷),汉堡,1964,第524页。

改编和戏拟之作也大量涌现,并被搬上了舞台。在民间和市集上,还流传开了一些讲维特故事的说唱和歌谣、俚曲。[①] 而在英法等国,情况也一样甚至还有过之。

以上所述,就是文学史家和歌德的传记作者们历来津津乐道的所谓"维特热"。现在,本文则准备探讨一下几个与此有关的问题,即"维特热"究竟是怎么产生的?应该如何看待这一罕见的文学和社会现象?我们可以从中得到哪些启示?

"维特热"的产生,原因应该说是复杂多样的;但归纳起来,大致为以下两个主要方面:

一、《维特》一书本身取得了巨大的成功。顾名思义,"维特热"乃是它的成功与影响的表现,那么,《维特》又以什么取得成功的呢?海涅认为是"由于它的题材"[②]。威廉·洪堡则说:"既不是他的爱情,他的感伤情调,他的绝望心情,也不是归根到底对他的命运的同情深深吸引着我;吸引我的,是他用以包容一切的感受力和思想,他对人类、生活和命运所作的品评,还有美妙的自然描写,直截了当闯进心中来的真情实感,最后再加那不容模仿的表现手法、细腻入微的性格刻画,以及那如此真实、如此纯净、如此动人、如此富于魅力的语言……"[③] 所有这些论断,都

[①] 在海涅的《哈尔茨山游记》里,就有一个裁缝边走边唱一首叫《小绿蒂在维特坟头》的歌谣。此外,歌德还写过一首叫"Zelebritaet"的诗,谈到维特的故事在波希米亚一带如何广为流传:"没有哪个年市不表演他的事迹,没有哪家酒馆中不挂着他的画像。"

[②] 海涅:《论浪漫派》,张玉书译,人民文学出版社,1979,第23页。

[③] 歌德:《歌德选集》(第6卷),汉堡,1964,第531页。

有一定道理。

笔者认为，概括起来，《维特》是凭借以下几点取得成功的：1. 故事内容、人物形象和思想情感的高度真实性；2. 积极的思想意义和强烈的时代精神；3. 精湛高超的艺术处理。正是这三者的和谐结合，赋予了作品以震撼人心的巨大威力。很难设想，这三者中有任何一点缺少了，《维特》还会成为一件杰作，还能引发席卷欧洲并持续了相当长时间的"维特热"。

二、《维特》取得巨大成功更重要的原因，是时代本身充满了《维特》中所表现的矛盾和危机。歌德在《诗与真》中讲得好，"这本小册子影响很大，甚至可以说轰动一时，主要就因为它出版得正是时候。正如只需一点引线就能使一个大地雷爆炸似的，当时这本小册子在读者中间引起的爆炸也十分猛烈，因为青年一代身上本已埋藏着不满的炸药……"[①]

的确，如果没有时代和社会的内因，"维特热"可能根本不会产生，或者至少不会来得这么猛烈和持久。因此，对于引起"维特热"来讲，在《维特》这部作品本身的上述三个特点和优点中，它所表现的狂飙突进的反抗精神，所包含的全面自由地发展人性的人道主义理想又是主要的。正是这种反抗精神和理想憧憬，道出了时代的心声，在千千万万渴望"个性解放""感情自由"和不满社会的受限制和受压迫一代青年当中，引起了强烈的共鸣。

---

① 歌德：《歌德选集》（第6卷），汉堡，1964，第580页。

至于应该如何正确看待"维特热"这个文学现象和社会现象的问题,我们在分析其产生原因时似乎已作了回答。

有人称"维特热"是一种"时代病"或"世纪病"。其实,它只是那个时代所患的严重疾病的一种病征;病根存在于社会的肌体内,《维特》只是起到了把病征引发出来的作用而已。

有人说"维特热"表现了一种"颓废倾向",甚至称代表这种倾向的维特为"垮掉的一代"的先驱。笔者认为,"维特热"的具体表现多种多样,不能一概斥之为"颓废",而且就在某些消极的形式里,也隐含着不满现状的积极内容。以争穿维特装为例,赶时髦者固然大有人在,借此向社会抗议和挑衅者却也有的是,不然统治阶级不会明令加以禁止。

以上对于"维特热"这一文学史上著名现象的探讨,可以给我们几点有益的启示。首先我们看到,一部文学作品要真正取得成功,要产生巨大社会影响,就必须做到真实性、思想性和艺术性三者的和谐统一。一切缺少真实性的文艺,一切脱离时代、没有思想的"为艺术的艺术",一切艺术力量贫乏的标语口号式的作品,统统不会真正取得成功,遑论引起巨大的震动。

其次,我们认识到,作为社会生活反映的文学作品,反过来又会对社会生活产生影响,在影响特别强烈时就会表现为"××热"。因此,作家在写作时,完全有必要注意自己作品的社会效果。《维特》刚出版,莱辛就认为书后"还必须有一篇简短、冷静的结束语,以使这部热情的作品多带来些好处,少造成些祸患"。[①]

[①] 《同时代人通信中的歌德》(第1卷),柏林,1979,第74页。

正是出于同样的认识，1775年《维特》再版时，歌德才在第二编前加了一节序诗，劝人们勿步维特后尘，而要"做个堂堂男子"。这些，都是作家考虑社会效果的先例。

但是，"维特热"也表明，一部作品产生多大的影响和怎样的影响，原因是多方面的，社会和时代方面的原因一般说来更为主要，文学作品往往只起着"引线"的作用。这作用固然万万不可忽视，但也不宜夸大。因此，对文学作品的社会效果的分析，必须实事求是，不能本末倒置，视"引线"为"地雷"，当"病征"作"病根"。

最后，作品的客观效果不一定总符合作家的主观意图，"维特热"之于歌德就是明证。单凭作品的客观效果来判断作者的"居心"和评定其功过的做法未必可取。

随着欧洲进入19世纪40年代的革命高潮，广大青年变成了举着"剑与火"进行斗争的战士，"维特热"也就逐渐消退了。海涅1842写的《倾向》一诗间接反映出，当时的激进青年已不愿"再像维特那样呻吟，因为他的心只为绿蒂燃烧"。匈牙利革命诗人裴多菲更直截了当地称维特是一个没有骨气的"傻瓜"。① 年轻的恩格斯在1847年初写成的《诗歌和散文中的德国社会主义》一文中，也把维特仅当作一个"富于幻想的好哭泣者"。

尽管如此，《维特》这部作品却远远没丧失其意义和价值；不论在歌德一生的创作中，还是在德国文学史乃至世界文学史

---

① 见裴多菲·山陀尔《旅行书简》中的第9封信，1847年7月6日。

上，它都占有一个显要的地位。

歌德一生的重要作品，几乎都与《维特》有着内在联系。在体现狂飙突进的反抗精神和矛盾这一点上，《葛兹》与《维特》被称作是"同一枚银币的两面"[①]。雅·米·莱·棱茨认为维特乃是"被钉上了十字架的普罗米修斯"，因为他也是一位在与旧势力的斗争中失败了的英雄。[②] 歌德曾称《塔索》是他"骨中之骨，肉中之肉"，却又同意塔索是"提高了的维特"，因为《塔索》更尖锐地提出了《维特》的各种问题……至于歌德的代表作《浮士德》，它与《维特》的关系就更密切了。两位主人公的形象乍看起来似乎存在天渊之别，事实上维特与浮士德是一对"孪生兄弟"[③]。浮士德也有着维特的烦恼，也感觉他生活的环境无异于一座牢狱，也产生过自杀的念头；"维特则是个浮士德型的人"[④]，也有着浮士德式的憧憬和追求；维特渴望"成为无尽的自然的一面镜子"；浮士德更进一步，决心"把握住无尽的自然"。

总之，歌德的所有重要作品，包括抒情诗和两部《威廉·迈斯特》在内，全部通过一个共同的中心主题与《维特》联系在一起，即都表现了理想与现实的矛盾，渴望使个人从社会的局限中解放出来，获得自由而全面的发展。不同的只是，青年歌德在《维特》中追求的这一伟大的人道主义理想，在现实社会里根本

[①] 保尔·莱曼：《1750—1848年间的德国文学主流》，柏林，1956，第139页。
[②] 格尔兹：《约翰·沃尔夫冈·歌德》，雷克拉姆出版社，1972，第96页。
[③] 爱克曼辑录：《歌德谈话录》，朱光潜译，人民文学出版社，1978，第139页。
[④] 汉斯·波姆：《歌德》，柏林，1950，第54页。

无从实现，只好让他的主人公含恨自戕；晚年，他让浮士德借助于神秘的外力，在幻想的大世界里进行更勇敢的追求，终于获得了"最后的智慧的结论"：

要每天每日去争取生活和自由，
才能获得自由与生活的享受……

这就是说，人类只要自强不息，坚持斗争，就能在那个生活着自由人之民的"自由土地上"实现自己的伟大理想。因此不理解《维特》这部书，便不能深刻理解《浮士德》，不能全面理解伟大的人道主义者歌德及其创作。

《维特》是狂飙突进运动最成熟的果实，它的出现给这一方兴未艾的文学运动以极大的推动。

在德国和欧洲长篇小说的发展史上，《维特》也是一座重要的里程碑。由于莱辛和克洛卜施托克的努力，德国的戏剧和抒情诗在歌德之前已经取得了相当成就，但小说的创作成果非常贫乏，即使有也多为消遣性的流浪汉小说和"飘流记"式的小说，格里美尔豪生的《痴儿西木传》（1669）虽然比较出色，但卷帙浩繁，且长期被湮没。与歌德同时而稍长的维兰写的长篇小说不少，用的却几乎都是东方异域的和古代的题材。他的代表作《阿伽达》（1766—1767）和格勒特的《瑞典伯爵夫人》（1764）一样，都写得冗长乏味、远离现实，充满了说教气。因此，《维特》可称是第一部直接反映德国现实生活而富于真情实感的长篇小说。它把理查生和卢梭热情奔放、长于心理刻画的特点，与菲尔丁和哥尔斯密对社会生活作现实主义描写的特点结合起来，开了德国近代长篇小说的先河，使欧洲长篇小说登上了一个新的高峰。在揭露社会矛盾和针砭时弊这点上，卢卡契更称《维特》为欧洲19世纪现实主义的"问题文学"的前驱，认为司汤达和巴尔扎克等小说大师都在不同程度上继承了它的传统。在德国，受到《维特》影响和启发的小说更多不胜计，其中最重要的是荷尔德林的《许佩里翁》（1797—1799）、J. M. 棱茨的《林中兄弟》（1979）、蒂克的《威廉·罗维尔先生的故事》（1795—1796）和伊默尔曼的《一个隐士的纸窗》（1822）……直到托玛斯·曼的《绿蒂在魏玛》（1939），等等。

　　本文引言中已提到《维特》对于整个德国文学发展的划时代意义。卢卡契甚至认为："《维特》问世的1774年，不只在德国文学史里是一个重要年头，在世界文学史上亦然。由于《维特》在世界范围内的成功，德国在哲学和文学方面虽然短暂但意义异常重大的霸主地位，以及法国在这两个领域中的领导权的暂时丧失，才第一次明显地表现了出来……"[1]

　　总之，《维特》这本"小说"的历史地位不容低估。那反映了它巨大影响的久已消退的"维特热"，时至今日仍在世界上一些地方兴起余波。20世纪，法国还三次把《维特》搬上银幕。1973年，东德出版了现代版的《维特》——乌利希·普伦茨多

---

[1] 卢卡契：《歌德和他的时代》，柏林，1953，第52页。

夫的中篇小说《青年维某的新烦恼》，在当时的两个德国都引起了不小的反响。到目前为止，东方的日本已有《维特》译本四五十种之多。[①]

五、《维特》在中国

相传早在《维特》问世后五载的1779年，就有德国人在一艘商船上看见几幅中国绘画，上画维特的故事。又有人自称在中国皇帝的宫中，亲眼见过一些绘有维特和绿蒂肖像的瓷瓶。这些传说本身虽未可置信，但是，从17世纪初德国已派传教士来中国，18世纪便设立了专门从事东方贸易的机构，传教士和商人在传教与做买卖的同时也把中国文化介绍到德国并为歌德所接触到等情况看，中国人反过来了解一点德国文学，听到一点在德国乃至欧洲家喻户晓的维特的故事，也并非全无可能。至于后来德国汉学家卫礼贤（Richard Wilhelm）在《歌德与中国文化》一文中讲的情况，就比较可靠了。他写道："……在广州地方，特别为外国人预备瓷器，所谓客货那类东西，上面的图画是照欧洲人的嗜好绘的，所以画上作维特与绿蒂等人的像……"[②] 据冯至教授讲，他1980年赴瑞典讲学时，就在博物馆中见过类似的中国古瓷。

总之，歌德生前已听见他的维特远游中国的消息，不仅深信

[①] 高桥健（Kenji Takahashi）:《日本的歌德研究》，载《日本歌德年鉴1978》，1979。
[②] 宗白华、周冰若编:《歌德之认识》，南京钟山书局，1933，第257页。

不疑，而且引以为自豪，为之神往。下面四句歌德写于1789年的诗，就间接反映了这个情况：

> 德国人模仿我，法国人读我入迷，
> 英国啊，你殷勤地接待我这个憔悴的客人；
> 可对我又有何益啊，甚至中国人
> 也用颤抖的手，把维特和绿蒂画上镜屏……①

维特来到中国有文字可考的最早时间，是清光绪二十三年（1897）。当年7月，上海作新社译印了一本《德意志文豪六大家列传》（亦名《德意志先觉六大家列传》），其中就有一篇《可特传》（《歌德传》）。译述者为赵必振，所据原书系日本大桥新太郎于1893年所编。《可特传》除较详细地介绍歌德生平和著作外，也谈到了《乌陆特陆之不幸》。这位乌陆特陆并非别人，就是我们的维特。《可特传》中称《乌陆特陆之不幸》为一篇"传奇"，说"其用材料概自（歌德）自己之阅历而来"，并略述了《维特》的成书始末和巨大影响，最后感叹道："可特之势力，不亦伟哉！"

在与《德意志文豪六大家列传》出版的差不多时间，我国著名诗人马君武已译述了贵推（歌德）的《威特之怨》（《少年维特的烦恼》）中的一个片断，题名为《阿明临海哭女诗》，收在

---

① 这四句诗系《威尼斯警句》第34首中的一段，全诗的主旨在于表达对卡尔·奥古斯特公爵的感激。

1914年上海文明书局出版的《马君武诗稿》中。译者介绍歌德时说："贵推为德国空前绝后之一大文豪，吾国稍读西籍者皆知之。而《威特之怨》一书，实其自绍介社会之最初杰作也。"紧接着便节译，或者说节写了维特与绿蒂一起读"莪相"之诗的情景，以及诗中阿明哭女的一段。

《维特》在我国真正产生影响，是在五四运动时期。1920年5月，上海亚东图书馆印行的《三叶集》，清楚地反映了这种影响。集中收录田寿昌（田汉）、宗白华、郭沫若三人1920年年初的通信数十封，集前由三人各写了一篇短序。田汉的序说："此中所收诸信，前后联合，譬如一卷 Werthers Leiden（《维特的烦恼》），Goethe 发表此书后；德国青年中 Wertherfieber（维特热）大兴！Kleeblatt 出后，吾国青年中，必有 Kleeblattfieber 大兴哩！"① 宗白华序说："刊行这本书的动机，乃是提出一个重大而且急迫的社会和道德问题……简括言之，就是'婚姻问题'，分开言之，就是：（1）自由恋爱问题；（2）父母代定婚姻问题……"其实，书中还谈了很多文学和哲学问题。如关于诗歌，宗白华和郭沫若都认为诗人应"多与自然和哲理接近"，"多研究古昔天才诗中的自然音节，自然形式，以完满'诗的构造'"。单从上面这些，已可看出《三叶集》的作者们从《维特》中汲取了多少营养。此外，

---

① Kleeblatt 德文原意为三叶草，此处指三个朋友之间的通信集，即《三叶集》。《三叶集》的性质与影响都很难与《维特》相比；事实表明，在中国并未产生什么"Kleeblattfieber"（三叶热）。

郭沫若在1920年1月18日致宗白华的信中，表示要对歌德的著作"尽量地多多地介绍、研究，因为他所处的时代——'胁迫时代'（狂飙突进时代）——同我们的时代很相近！"

在时代的召唤下，我国终于在1922年出现了《维特》的第一个全译本——郭沫若的《少年维特之烦恼》。《维特》尽管是在问世后整整一个半世纪才来到中国，却仍于正进行反对封建旧礼教斗争的一代中国青年中找到了知音。不少包办婚姻的受害者与维特同病相怜，被他的故事感动得涕泪交流；一对对决心走自由恋爱之路的情侣，更以《维特》互赠，以示自己爱情的忠贞。一时间，"青年男子谁个不善钟情？妙龄女人谁个不善怀春？"的诗句，在广大青年中流传不息，汇成了一片对封建礼教的示威和抗议之声。据老一辈人回忆，20世纪二三十年代我国确实也兴起过一阵小小的"维特热"。

蔡元培先生在《三十五年来中国之新文化》一文中谈到外国小说的翻译对我国"起于戊戌"的"文学的革新"的推动，具体举出的第一本书就是《少年维特的烦恼》，说它"影响于青年的心理颇大"。①

在《维特》全译本问世十年后，茅盾便把它写进了小说《子夜》里。一本读得破旧了的《少年维特之烦恼》和一朵枯萎的白玫瑰花——这是女主人公吴少奶奶送给自己青年时代的恋人雷鸣的定情之物——先后三次出现在小说第3章、第6章和全书结尾，

---

① 蔡元培：《蔡元培选集》，中华书局，1959，第280页。

对揭露大资本家吴荪甫家庭关系的虚伪和刻画吴少奶奶的软弱性格,起到了重要作用。《子夜》是我国现代文学史上的一块丰碑,这块碑上刻着《维特》的名字,也证明了歌德这部"小书"在中国产生的影响。

除郭沫若的译本外,我国在20世纪30年代前后还陆续出过黄鲁不、罗牧、付绍先等的十来种译本,译名全叫《少年维特的烦恼》。在所有这些本子中,仍以郭译流传最广,最受欢迎,仅据1932年一个不完全统计,十年间郭译《维特》已由不同书店重印30版之多。

以一部外国文学作品在我国重译、重印次数之多和影响之深之广论,《维特》恐怕是无与伦比的。那么,我们过去对这部作品的研究情况又怎样呢?

1949年之前,特别是30年代,我国学者已写过为数不多的几篇分析评介《维特》的文章,如宗白华的《歌德的〈少年维特之烦恼〉》[①] 以及柳无忌撰写的《少年歌德》一书和其他歌德传记的有关章节。它们大都详细地介绍了《维特》的产生经过、主人公在生活中的原型、书信体小说的特点和作品的巨大影响,但往往误把主题思想解释为"心与脑"的矛盾,"感情与理性"的矛盾,因而认为《维特》是"悲剧人生之表现",是一部"人格的悲剧",等等。倒是郭沫若写的《〈少年维特的烦恼〉序引》,指出了书中体现的泛神思想和狂飙突进精神的几个方面,

---

[①] 此文收在《歌德之认识》中。

虽说概略，却也中肯。

新中国成立后，关于《维特》的著述更少了。只在德国文学史和一些介绍歌德的文章中附带地谈到过这部世界名著。这一时期，论者大多运用历史唯物主义观点，强调了作品的社会意义，正确指出了它反映的是觉醒的资产阶级青年与腐朽的封建社会的矛盾。

在"革文化的命"的年代，郭译的《维特》自然成了宣扬资产阶级"恋爱至上"观念的禁书。但随着我国1978年进入社会主义建设的新时期，歌德和《维特》的译介却受到了比以前更大的重视。从1981年至今，又陆续出版了四五种《少年维特的烦恼》的新译本，其中以北京人民文学出版社的杨武能译本和上海译文出版社的侯浚吉译本最受欢迎，十多年来几乎年年重印，总印数均早已突破100万册。

进入90年代，名著重译成风，固然也有一些可敬的同行兢兢业业地推出了有特色、有质量的新译本，但粗制滥造乃至"抄译"即剽窃的情况也时有发生。迄今，加上解放前的旧译和在台、港等地出版的周学普等人的新译，歌德的《少年维特的烦恼》在中国总共已有译本三十几种，远远超过近年来被国内翻译界炒得很热的《红与黑》的译本数量。[①]

总的来看，我国学者已为帮助读者理解这部世界名著做过许

[①] 关于《少年维特的烦恼》在我国译介及产生影响的详细情况，请参阅杨武能：《歌德与中国》，生活·读书·新知三联书店，1991。

多有益的工作，但与《维特》的重要历史地位和巨大影响相比，尽管译本已经很多，研究却还是初步的、分散的，也不够深入。本文试图在总结前辈已取得成果的基础上，做一些补充和系统化的工作，并在《维特》的思想意义、艺术特色及"维特热"的产生原因和性质这几个问题上，提出不成熟的看法。

六、结语

综全文所述，《维特》是一部在真实性、思想性和艺术性三方面都取得了高度成就，达到了三者和谐的优秀作品，曾经在欧洲及我国产生过巨大影响。这部作品连同表现了它巨大影响的所谓"维特热"，值得我们认真研究。研究它们，可以加深我们对文学创作规律的认识，对文学作品及其社会效果的关系的认识；可以加深我们对于伟大作家歌德的了解，对于德国文学史和欧洲文学史的了解，对于中德文化交流和相互影响的情况的了解。

《维特》和"维特热"是值得文学工作者进一步研究的课题。那么，对于我国今天的广大读者，这部小说是否也有某些意义和价值呢？

答案是肯定的。首先，书中所宣扬的要使人的全部潜能、全部自然本性得到充分发展和发挥的人道主义理想，对于我们并没有过时。在一定意义上讲，我们实现"四化"和建设共产主义的目的，不就是要创造能使每个人的全部潜能都得到发挥的社会条件吗？其次，《维特》可以帮助我们，特别是青年读者了解十八世纪德国和欧洲的社会风貌，了解当时一代青年的感情、憧憬和苦闷。"五四"时期，《维特》曾深得我国处于反封建斗争中的知识青年的喜爱，通过它我们也可以间接听见这一代中国青年的心声。总的看来，《维特》这部作品的格调是比较高的，只要注意不受其感伤厌世情绪的熏染，读一读不无好处。

最后，《维特》这部世界名著可称得上是一个小小的艺术宝库，深入进去，我们定能采撷到不少珍珠宝石，获得巨大的艺术享受。

图书在版编目(CIP)数据

少年维特的烦恼 /(德)约翰·沃尔夫冈·冯·歌德著;杨武能译. —北京:商务印书馆,2022
(杨武能译德语文学经典)
ISBN 978-7-100-19978-0

Ⅰ.①少… Ⅱ.①约… ②杨… Ⅲ.①书信体小说—德国—近代 Ⅳ.①I516.44

中国版本图书馆 CIP 数据核字(2021)第 098655 号

权利保留,侵权必究。

杨武能译德语文学经典

少年维特的烦恼

〔德〕歌 德 著
杨武能 译

商 务 印 书 馆 出 版
(北京王府井大街36号 邮政编码100710)
商 务 印 书 馆 发 行
北京艺辉伊航图文有限公司印刷
ISBN 978-7-100-19978-0

2022年4月第1版 开本 880×1230 1/32
2022年4月北京第1次印刷 印张 8
定价:48.00元